D1244616

Culotte et redingote au 21e siècle

Louise Royer

Culotte et redingote
au 21e siècle

Les Éditions
David

Catalogage avant publication de Bibliothèque et Archives Canada

Royer, Louise, 1957-
    Culotte et redingote au 21e siècle / Louise Royer.

(14/18)
Publ. aussi en formats électroniques.
ISBN 978-2-89597-209-9

    I. Titre. II. Collection : 14/18

PS8635.O956C85 2012   jC843'.6   C2012-900091-4

Les Éditions David remercient le Conseil des Arts du Canada,
le Secteur franco-ontarien du Conseil des arts de l'Ontario et la
Ville d'Ottawa. En outre, nous reconnaissons l'aide financière du
gouvernement du Canada par l'entremise du Fonds du livre du Canada
pour nos activités d'édition.

Les Éditions David   Téléphone : 613-830-3336
335-B, rue Cumberland   Télécopieur : 613-830-2819
Ottawa (Ontario) K1N 7J3   info@editionsdavid.com
www.editionsdavid.com

À mes enfants,
Chantal, Etienne et Thierry

CHAPITRE 1

Promenade dans Paris

Sophie lève la tête vers le ciel et admire une fois de plus la multitude d'étoiles. Il lui revient en mémoire une démonstration au planétarium de Montréal, où le technicien avait simulé le firmament tel qu'il serait apparu en l'absence de pollution atmosphérique, loin des centres urbains. Ce soir, elle a sous les yeux un ciel de planétarium. Elle se trouve pourtant dans une des plus grandes villes du monde : Paris, la ville-lumière. Toutefois en 1769, Paris lutte encore contre l'obscurité à coups de chandelles. Les occupants de la partie pauvre du Marais ne peuvent se permettre de prolonger leur journée en brûlant de la cire et se sont retirés pour la nuit. Aucune lumière ne s'échappe des volets mal ajustés.

— Je suis bien contente que tu aies insisté pour venir, commente Sophie à l'intention de son compagnon.

— Je ne t'aurais pas laissée te balader sans escorte, répond François.

— Tu sais bien que j'aurais fait appel à un ou deux de nos serviteurs, à moins que Lucien ne m'ait ramenée.

— Lucien n'aurait pas été en état de sortir. Il était bien trop ému à la vue de son tout nouveau fils.

— Ne te moque pas de lui. Dieu sait dans quel état tu vas être, dans sept mois, lorsque notre enfant se pointera.

Sophie accompagne son énoncé d'un mouvement rotatif de la main sur son ventre. Leur mariage date de près de six mois. Que de péripéties avant d'en arriver là. Que d'obstacles ils ont dû affronter. L'animosité de la mère de François, leurs classes sociales différentes et leurs premières impressions négatives rendaient leur union improbable. Toutefois, ces considérations pâlissaient en importance devant le saut de deux cent quarante quatre années entre leurs dates de naissance.

Leur alliance tient à un coup magistral du destin qui a arraché Sophie à sa vie d'étudiante universitaire québécoise, le 5 décembre 2009, pour la transporter dans une rue parisienne presque déserte, au cœur du 18e siècle. Le comment et le pourquoi de ce voyage incroyable demeurent tout aussi incompréhensibles qu'au jour de son apparition dans ce Paris d'autrefois[1].

Sophie doit sa survie à l'accueil d'une famille bourgeoise et à la curiosité d'un beau comte, intrigué par les comportements singuliers dus à cette transplantation soudaine. Lorsque Sophie lui a avoué son passé le jour de leur mariage, François a éprouvé un intense soulagement, car cette explication, quoique invraisemblable, valait mieux que plusieurs hypothèses plus sinistres qu'il avait entretenues. Sophie soupçonne qu'elle n'a pas réussi à le convaincre entièrement de sa bonne foi, même avec l'aide des magazines et des livres qui l'avaient accompagnée dans son curieux voyage dans le temps.

— La sage-femme avait l'air de savoir ce qu'elle faisait, reprend Sophie. Elle ne s'est pas impatientée quand j'ai insisté pour qu'elle se lave bien les mains.

— Je n'ai pas vu grand-chose, mais j'ai cru qu'Yvette avait l'air soulagé lorsque tu es arrivée.

— Pauvre petite bonne! À peine treize ans et tellement ignorante. J'ai bien essayé de lui expliquer ce qui allait lui arriver. Mes connaissances à ce sujet se limitent à ce que j'ai lu ou à ce que j'ai vu dans des films. Malgré mes airs de tout savoir, je risque d'être aussi effrayée qu'elle dans sept mois.

---

1. Voir *iPod et minijupe au 18ᵉ siècle*, de la même auteure.

— Eh, eh! Pas de pensées noires! Tout va bien se passer.

— Oui, je sais. Il y a une autre raison pour laquelle je suis contente que tu sois venu. Cela me donne l'occasion de marcher seule avec toi, même si je ne peux pas coller ma hanche à la tienne à cause de ces foutus paniers.

— Tu ne perds rien pour attendre, gente dame. À notre hôtel, nous pourrons unir plus que nos hanches, fait François avec un sourire plein de sous-entendus.

Ils se taisent jusqu'au moment où Sophie prend conscience de l'endroit où elle se trouve.

— Eh! Nous approchons de l'allée de l'Aveugle! J'y suis venue assidûment après mon arrivée, dans l'espoir d'y trouver le portail entre nos deux siècles. C'était vraiment déprimant de repartir sans que jamais rien ne se produise.

— Je suis désolé de te rappeler ces moments. J'aurais dû reprendre le même trajet qu'à l'aller. Dépêchons-nous de retourner à la maison.

Ils arrivent au croisement fatidique lorsque François s'arrête.

— Mais qu'est-ce que cela? s'exclame-t-il.

Sophie suit son regard, puis pousse un cri aigu. Une seconde plus tard, elle l'a quitté pour se précipiter vers le tourbillon qui illumine la rue. À la réaction de Sophie, François comprend les conclusions qu'elle tire de ce phénomène inusité. Il hurle son nom. L'appel déchirant stoppe Sophie à mi-chemin.

Elle se tourne vers son époux qui, une main tendue, la supplie de revenir. Saisissant ses jupes, elle se met à courir vers lui. Le nuage d'étincelles auréole sa silhouette. Retrouvant l'usage de ses jambes, François la rejoint. Il enlace une Sophie en larmes et qui balbutie de l'empêcher de partir. Il n'a pas le temps de dire deux mots de réconfort, qu'un coup d'œil à la tornade lumineuse le fait frissonner de terreur. L'étrange apparition se dirige vers eux à la vitesse d'un cheval au galop. En un instant, ils se retrouvent en son sein. François enserre plus étroitement Sophie, ferme les yeux et appuie son front contre celui de son épouse. Quelques secondes plus tard, là où se tenaient auparavant le comte et la comtesse de Besanceau, il n'y a plus que poussière tourbillonnante.

CHAPITRE 2

La surprise

— Que dirais-tu d'un petit souper à la chandelle, par exemple à ce charmant restaurant italien de la rue Taylor ?

— Hum, ça veut dire faire une réservation, me rendre présentable, subir la circulation sur le pont de la Baie, mettre une table entre toi et moi et me comporter de façon civilisée. Pourquoi ne commandons-nous pas une pizza de chez moi ? Je dois avoir des chandelles quelque part à l'appartement. Mmmm, un tête-à-tête romantique à souhait et, si le cœur t'en dit, on se prend l'un et l'autre pour dessert. Il te tente, mon scénario ?

— Il est usé. C'est tout ce que tu as pris le temps de faire depuis six mois, les chandelles en moins. Nous avons bien dû essayer les mets exotiques de tous les *take-out* en ville. J'aimerais passer trois heures à table avec toi, plutôt que quinze minutes à la sauvette, en fin de soirée, lorsque finalement tu t'arraches à ton boulot. D'autant plus que le capteur est réparé. Il n'y a plus autant de pression sur toi et donc plus de raison d'être continuellement devant ton ordinateur ou au laboratoire. Laisse ton fardeau aux autres. Ils sont parfaitement compétents.

Michael Simpson soupire, puis contourne le bureau sur lequel Shannon Summers s'est assise à moitié. Il la regarde dans les yeux en disant :

— Je m'excuse. J'ai été un amoureux exécrable dernièrement. Tu sais trop bien pourquoi. Après la course contre la montre qu'a été la dernière année et demie, j'ai peine à ralentir. Surtout avant d'atteindre notre but. Tu es une femme admirable de m'endurer.

Elle se laisse entraîner vers sa poitrine.

— Mike, insiste-t-elle, tu as besoin de repos, pas d'une petite soirée mais d'un mois de vacances, que dis-je, d'une année sabbatique !

— Oh là ! Un instant. Commençons par le restaurant italien. Tu peux réserver ?

— Bravo. Mettons pour sept heures ?

— Si tôt ? J'avais pensé…

Voyant l'expression de Shannon, il se ravise.

— Euh, oui ça va. Donne-moi encore une demi-heure, puis nous partirons ensemble…

Il est interrompu par la vibration de son portable. Voyant que Shannon, elle aussi, retire son téléphone de sa poche, il en déduit que le message doit être d'intérêt général.

— La zone verte, s'exclame-t-il en prenant connaissance de l'avertissement sur son écran.

— Eh, eh, ne t'avise pas de changer d'idée à propos de la soirée. Dernièrement, la zone verte a souvent été atteinte, pour aussitôt revenir au bleu de la normalité.

— Shannon, si jamais le vert vire au jaune, je voudrai être présent dans la salle de contrôle.

— Nous n'avons pas eu d'alerte jaune depuis au moins six mois. En fait, tu n'as qu'à garder ton portable allumé au restaurant.

— Oui, tu as raison…

— Rien ne nous empêche non plus de terminer la soirée chez toi ou chez moi après nous être gavés de pâtes. À tantôt !

Elle dépose un doux baiser sur les lèvres de Mike et se dirige vers la porte. Sur le seuil, son téléphone requiert de nouveau son attention.

— Tiens, c'est probablement pour signaler le retour au niveau bleu, prédit Shannon.

Son regard passe vite de sa paume au plafond.

— Zut, voilà mes fettucines qui flamblent !

Mike l'a déjà contournée et s'élance au pas de course vers la salle de contrôle.

* *
*

Dès qu'il y met les pieds, il demande :
— Où en sommes-nous ?

— Comme tu peux le voir, notre sujet a presque atteint le niveau orange, lui répond Rajiv.

Celui-ci pointe un écran mural de plusieurs mètres carrés à la texture et à l'allure d'un énorme ipad. Le bord inférieur de la tablette décrit une courbe vers un deuxième panneau horizontal qui affiche, entre autres icônes, un clavier d'ordinateur. Le même genre de consoles orne deux des murs de la pièce. La cloison face à la porte consiste en une vitre épaisse donnant sur une chambre complètement vide et hermétique.

Mike voit sur l'écran mural une série de cercles concentriques aux couleurs d'un arc-en-ciel. Des traits verts d'épaisseurs et de longueurs variées se coupent à angle droit et se superposent à ce réseau. La plus épaisse de ces lignes croise le centre des cercles indiqué par un point rouge clignotant. L'équipe de recherche a surnommé cette ligne « la rue principale ». L'attention de Mike est attirée par un clignotant vert qui laisse une traînée de la même couleur derrière lui. Ce voyant baladeur suit une trajectoire perpendiculaire à la rue principale et s'en approche. Il traverse bientôt le cercle orange.

— C'est le moment de commencer les procédures de réchauffement, suggère Mike. Nous ne voudrions pas qu'elle passe tout droit. Il faut capter son attention.

Rajiv appuie sur la commande désirée.

— Docteur Simpson, il semble que nous approchions du but, remarque un petit homme grisonnant qui se tient près de la console derrière Rajiv.

Mike se désintéresse rapidement des propos du docteur Mansfield lorsque le point vert croise la rue principale et s'arrête. Les quatre personnes assemblées devant l'afficheur, car Shannon a aussi rejoint le groupe, en oublient de respirer. Soudainement, le clignotant vert s'engage sur la rue principale à une vitesse indubitablement supérieure à celle qu'il avait adoptée jusqu'à présent.

— Bingo ! jubile Rajiv.

Ses doigts rôdent au-dessus de la commande « commencer le transfert », prêts à descendre dès que le point vert atteindra le centre des cercles.

— Allez, ma belle, un dernier effort, vous y êtes presque, marmonne Mike.

À mi-chemin entre le cercle orange et le cercle rouge, le point vert cesse de progresser, à la consternation générale.

— Elle rebrousse chemin, se lamente une Shannon atterrée lorsque le voyant lumineux recommence à bouger, mais en sens inverse.

— Ah non, quand même, s'écrie Mike, pas si près du but !

Il se précipite sur la console voisine qu'il active d'un effleurement des doigts. En appuyant sur quatre touches judicieusement choisies dans l'organigramme multicolore qui apparaît, il déclenche l'aboutissement de son travail des derniers mois. Finis les délais de sécurité qui l'ont excédé, il y a plus d'un an. Le panneau a tôt fait de lui montrer ce qu'il désire. En arrière plan, Mike entend Rajiv s'exclamer :

— Elle s'arrête de nouveau.

Mike n'attend pas de voir si le voyant lumineux va changer de direction. Un pressentiment l'invite à lui forcer la main. Il appuie donc sur la commande « soulever l'ancre ». Avec une satisfaction mêlée d'appréhension, il voit le point rouge de l'écran mural se déplacer vers le point vert entraînant avec lui tout le halo de cercles. Une exclamation de surprise collective accompagne ce rebondissement.

— Qu'avez-vous fait ? s'insurge le docteur Mansfield furieux, en apostrophant Mike qu'il blâme spontanément.

— Si elle ne vient pas à nous, il faut aller à elle, le défie Mike.

— C'est bien trop dangereux. Vous n'étiez pas autorisé à en décider !

— Elle est en position pour le transfert, interrompt Rajiv.

Effectivement, le point vert se marie au point rouge.

— Qu'attendez-vous ? Activez ! crie Mansfield.

Le docteur Rajiv Sandhu s'empresse d'obéir. En face naît un tourbillon d'étincelles, visible à travers le mur vitré de la salle de contrôle. La lumière s'intensifie jusqu'à devenir opaque au milieu de la spirale.

— Combien d'énergie sommes-nous en train de transférer ici ? demande Mike à Rajiv pour ne pas avoir à quitter des yeux la matérialisation en cours.

— Plus que nous avions prévu. L'équivalent de 80 kilogrammes en trop.

— Vraiment ? Porterait-elle une armure de plomb ? s'étonne Mike.

— Nous commençons à entrevoir une forme humaine, note Shannon.

— Plutôt difforme, commente le soldat qui a quitté son poste de garde pour venir rejoindre les quatre chercheurs. Quelles hanches !

— Il s'agit d'une robe très évasée à la taille, explique Shannon lorsque plus de détails apparaissent.

— Elle n'est pas seule, remarque posément le docteur Mansfield.

— Impossible ! s'exclament ensemble Mike et Shannon.

— Et pourtant, je crois bien discerner un couple enlacé, insiste le docteur.

Les papillotes de lumière se dispersant rapidement, les témoins de cette arrivée insolite sont à même de confirmer la présence d'un couple.

Mike murmure, presque pour lui-même :

— Serions-nous des dieux ?

CHAPITRE 3

Le choc

— Drôles de costumes ! s'exclame encore le soldat. Voyez cette longue veste...

— Shannon, à quel siècle dirais-tu que leurs toilettes appartiennent ? demande Mike.

— Aux manches fleurdelisées, je dirais que l'homme est Français, répond-elle. Sa redingote appartient à l'aristocratie ou à la haute bourgeoisie du milieu du 18e siècle, de même que cette culotte courte et bouffante qui se termine au-dessus des bas. Un homme du peuple porterait plutôt un genre de pantalon, c'est pourquoi, d'ailleurs, on parlait des révolutionnaires comme des « sans-culottes ». La robe de la jeune femme appartient à la même période.

— N'en déduisons rien pour l'instant. Ils pouvaient être tous les deux en route pour un party d'halloween ! Mais s'il est en habit de tous les jours, ne nous étonnons pas de sa frayeur en nous voyant. Ne restons pas sans rien faire, à les regarder comme s'ils étaient des animaux de zoo. Il est temps de les accueillir.

Mike va s'emparer du micro. Après un moment, il constate que le docteur Mansfield l'a devancé et ne communique pas avec les occupants de la salle de transfert, mais plutôt avec les militaires qui attendent de l'autre côté du sas. Pour prévenir la contamination, ces derniers ont revêtu des combinaisons étanches.

— Je vais actionner l'entrée du soporifique dans une minute exactement, annonce le docteur Mansfield. Laissez vingt minutes s'écouler pour qu'ils soient complètement endormis, puis amenez Mlle Dumouchel dans la chambre d'isolation A. Vous mettrez l'humanoïde dans l'autre. Je vous donnerai ensuite de nouvelles instructions.

— Vous n'avez pas l'intention de les endormir et de les séparer ? s'insurge Mike. Nous avions décidé qu'il vaudrait mieux rechercher sa collaboration. Si nous la séparons d'un homme pour qui elle semble avoir beaucoup d'affection, nous risquons de l'indisposer et d'effrayer son compagnon.

— Justement, il faut revenir à notre plan original, car elle ne consentira jamais à se séparer de lui de son propre gré. Moins elle se souviendra de lui, plus facile sera l'administration du traitement. Elle doit retourner à sa vie normale, lui doit rester ici pour le restant de ses jours. Il ne saurait en être autrement.

Le docteur étire le bras pour appuyer sur la commande qu'encadrent les mots « ouverture de la valve ». Mike attrape son poignet.

— Vous ne pouvez pas faire cela, vous n'en avez pas le droit !

— Docteur Simpson ! Lâchez-moi ou je vous fais arrêter pour insubordination. Auriez-vous oublié que je suis votre supérieur ?

Le soldat de garde reprend conscience de son rôle et se redresse, la main droite à la ceinture, posée sur un revolver. Mike libère le poignet de Mansfield à contrecœur et recule de quelques pas, les poings serrés.

— Vous assisterez le docteur Summers dans l'interrogatoire sous sérum de Mlle Dumouchel, continue le directeur. Je me charge de l'humanoïde. Ce sont mes ordres. Vous avez bien compris ?

— Oui, Docteur, réussit à répondre l'autre entre ses dents.

Le docteur Mansfield libère le soporifique.

* *
*

François rouvre les yeux, puis s'en repent. L'allée de l'Aveugle a disparu. À sa place, il découvre une pièce vide. Devant lui, des parois de métal percées d'un énorme panneau de verre révèlent une autre salle. D'étranges coiffeuses, surmontées de miroirs noirs tout aussi surprenants, s'y alignent le long de deux murs. Des chaises sur pied tentaculaire sont disposées devant l'étonnant mobilier.

Quatre hommes et une femme, presque tous vêtus de blouses blanches très amples, le dévisagent de l'autre côté de cette fenêtre intérieure. Leurs lèvres bougent, mais aucun son ne parvient jusqu'à lui. Toutefois, un bourdonnement constant imprègne l'endroit. La scène est baignée d'une lumière blanche qui semble venir du plafond, crue et irréelle dans sa stabilité.

La stupeur lui fait desserrer son étreinte. Le sentant se distancer, Sophie soulève également les paupières et lit l'effroi dans ses yeux à lui. Elle s'exclame de joie après avoir examiné le contenu des deux pièces. La jeune femme ramène immédiatement son attention vers François qui secoue la tête, affolé. Il recule lentement. Sophie s'avance vers lui en tendant les mains et en prononçant son nom doucement. Il recule encore en la fixant, mais en levant les bras pour l'empêcher d'approcher. Il s'écrie :

— Arrière, sorcière. Tu m'auras donc amené en enfer !

Sophie reste un instant interdite. Une expression désolée remplace bien vite son sourire. Elle tente de le raisonner :

— François ! Oh François ! Ce n'est pas l'enfer. Tu n'es pas mort. Pince-toi pour t'en convaincre. Tu viens de faire un voyage dans le temps, comme je l'ai fait il y a un an et demi.

Nous sommes au 21ᵉ siècle. Je comprends que ce soit un choc, mais avec un peu de temps, tu vas voir que ce n'est pas si terrible.

— Non, je ne veux pas. Ce n'est pas possible. Je rêve. Je fais un cauchemar, balbutie-t-il.

— Non, François. C'est la réalité. Je suis là, mon amour. Je vais t'aider comme tu m'as aidée à comprendre ton époque.

— C'est impossible. Je divague. On ne peut pas voyager dans le temps.

— François, si tu ne me crois pas maintenant, c'est que tu ne m'as jamais crue, ajoute-t-elle sur un ton de reproche.

Les épaules du comte s'affaissent et son menton va rejoindre la base de son cou. Lorsqu'il relève la tête, il a le regard d'un chien battu.

— Sophie, aide-moi, je t'en supplie.

Celle-ci comble la distance qui les sépare et saisit ses mains dans les siennes. Avec chaleur, elle le rassure :

— Bien sûr. Je suis là, près de toi. Toujours. Laisse-moi te faire découvrir mon monde.

Ensemble, ils concentrent leurs énergies sur la pièce au-delà du mur de verre. L'attitude de coq en bataille de deux hommes n'échappe pas à François. Il a dès lors la conviction de n'être pas le bienvenu dans ce siècle. Un des hommes a tendu la main vers la surface complètement lisse de la table devant lui. Le deuxième l'a empêché d'y toucher. La dispute en pousse un troisième à dégainer ce que François devine être un pistolet. Sous la menace, le deuxième individu bat en retraite et l'autre effleure la surface du secrétaire à miroir. François entend soudain un faible sifflement venant d'ouvertures grillagées à ses pieds. Il sent aussitôt une brise sur ses mollets.

— Il faut sortir d'ici! s'écrie Sophie, un début de panique dans la voix.

— Que se passe-t-il? demande François, inquiété par son agitation.

— On essaie de nous empoisonner! Retiens ta respiration et utilisons ton épée pour ouvrir ces deux battants de métal. Ce doit être une porte coulissante.

Sophie s'élance. En vain tentent-ils d'insérer la pointe de l'épée dans la mince fente. François utilise son épaule comme bouclier contre le battant de métal, puis contre le mur de verre. Sans effet. Après quelques minutes, à bout de souffle, ils ne peuvent s'empêcher de respirer l'air de la pièce. Sophie est la première à défaillir. François bloque sa chute et empêche sa tête de heurter le sol. Tout en la maintenant étroitement, il lui murmure son désespoir. Elle caresse sa mâchoire du bout des doigts avant de sombrer dans l'inconscience. Quelques secondes plus tard, la joue de François vient rejoindre celle de Sophie. Il la recouvre involontairement de son corps et devient lui aussi immobile.

*　*
*

Sophie se réveille et distingue graduellement le visage anxieux d'un homme dans la trentaine. L'arrière-plan ressemble à une chambre d'hôpital, poteaux d'intraveineuse et moniteur cardiaque inclus. Aucun effort de décoration ne semble avoir été dépensé pour atténuer la blancheur des murs. Couchée sur un lit, elle ne porte qu'une jaquette bleue d'hôpital.

D'abord désorientée, Sophie s'étonne du caractère moderne de la pièce, puis se rappelle le tourbillon dans l'allée de l'Aveugle, l'arrivée dans la pièce vitrée et l'altercation devant eux dans la salle voisine. Les buées de son esprit se dissipent lentement. Elle reconnaît, penché sur elle, l'homme au collier de barbe qui a voulu empêcher son collègue d'atteindre la surface de ce qu'elle a deviné être un écran d'ordinateur. Elle cherche frénétiquement François des yeux avant d'interroger l'homme à son chevet :

— Où est François ?

— Je suis désolé. Je ne parle pas français, répond-il en anglais. J'espère sincèrement que vous pouvez me comprendre. Selon votre dossier…

— Où est mon mari, l'homme avec qui je suis arrivée ? intervient-elle, en anglais.

— Ah ! J'avais donc raison de croire que vous êtes mariés. Il dort encore. Il est sain et sauf pour le moment. Je m'appelle Mike Simpson. Je brûle d'envie de connaître votre vie pendant la dernière année et je suis certain que, de votre côté, vous avez une multitude de questions à me poser, mais le temps presse. Vous ne pouvez rester ici à moins de vouloir raconter votre histoire sous l'effet d'un sérum de vérité. Vous êtes ensuite destinée à subir un lavage de cerveau, avant d'être renvoyée à vos parents et à votre vie passée.

— Et François ! Que comptez-vous faire de lui ?

— L'étudier. Le faire parler lui aussi, sous sérum. Lui interdire à jamais de quitter ce complexe.

— Vous n'avez pas le droit de nous traiter ainsi !

— Je suis d'accord avec vous. C'est pourquoi je veux vous aider à fuir, tous les deux.

Une voix de femme venant d'un interphone les interrompt :

— Mike ! Mansfield vient d'appeler pour dire qu'il sera ici dans une minute. Je ne pourrai pas m'occuper de lui toute seule.

Mike fixe la caméra dans un coin, près du plafond et répond :

— Je viens tout de suite.

Il ajoute, en poussant un sac vers Sophie :

— Enfilez ces vêtements, mettez le sarrau par-dessus et attachez cet indicateur de radioactivité à votre collet. Shannon ou moi reviendrons vous chercher pour vous mener auprès de votre mari.

Mike sort de la pièce en courant.

CHAPITRE 4

Sauve qui peut

Sophie descend du lit sur des jambes qui ont peine à la soutenir. L'effet du soporifique n'a pas tout à fait disparu. Dans le sac, elle trouve un t-shirt, des espadrilles, un pantalon de coton ouaté et un sarrau semblable à celui de Mike. Elle tourne le dos à la caméra pour en découvrir une autre devant elle. Tant pis. Elle finit d'enfiler le t-shirt lorsque entre une jeune femme.

— Mademoiselle Dumouchel ? Je m'appelle Shannon. Vous avez pu chausser mes souliers ? Vous pouvez finir de vous habiller en me suivant. Je vous conduis à votre mari. Pressons-nous. L'alerte peut être donnée à tout instant.

Sophie sort pour se retrouver dans une salle qui ressemble à un sas. Les deux portes en sont toutefois ouvertes, neutralisant l'effet isolant de la pièce. Au bout du sas, elle arrive dans une autre chambre où elle voit, accrochés au mur, des costumes rappelant un équipement de plongée. S'y trouve également une longue console devant laquelle deux corps sont étendus sur le plancher. L'un porte la tenue d'un soldat, l'autre un sarrau. Elle reconnaît en ce dernier l'homme qui a libéré le soporifique.

— Que leur avez-vous fait ? Sont-ils m…, dit Sophie.

— J'ai utilisé un *taser*, puis je leur ai fait une injection. Ils ne sont qu'endormis. Nous devons partir avant que quiconque ne remarque leur état. Suivez-moi.

Sophie jette un coup d'œil rapide à la console. L'écran vertical montre deux images de la chambre qu'elle vient de quitter, vraisemblablement transmises par connections vidéo grâce aux deux caméras. Le même écran sert à surveiller une salle similaire, mais où le lit est occupé par un homme nu : François. Sophie ne s'attarde pas. Shannon la guide par un deuxième sas vers la chambre où il est enfermé.

Mike leur ouvre la porte après avoir jeté un drap sur les hanches du jeune homme inconscient. Des sangles encerclent ses poignets, ses chevilles et sa poitrine. Des électrodes sont attachées à son thorax. Une intraveineuse à son bras promet un accès facile à toute drogue. Des sentiments bien différents agitent les trois nouveaux occupants de la pièce. Sophie est consternée par la vulnérabilité de François et enragée par le traitement auquel il est soumis. Sa compagne admire la musculature, le visage d'Adonis et la taille surprenante de ce contemporain de Louis XV. Mike, lui, tente d'imaginer comment il réagirait s'il se voyait catapulté dans un autre monde.

Sophie tente de réveiller François en l'appelant.

— Vous n'y arriverez pas ainsi, l'avertit Mike tout en commençant à détacher les liens. Il est sous l'effet d'un soporifique puissant. Shannon va lui injecter une substance pour accélérer son réveil.

— Est-ce que cette injection est dangereuse ? s'inquiète Sophie

— Shannon vous a donné la même pour vous réveiller.

— Bon, allez-y.

— Dites-moi. Est-ce qu'il parle anglais ?

— Oui. Il a vécu un an en Angleterre.

— Splendide. Cela va simplifier beaucoup les choses.

Shannon retire maintenant l'aiguille du bras de François et détache les électrodes de sa poitrine. Ils s'affairent tous les trois à revêtir le corps inerte des vêtements de gymnastique de Mike. Étant donné la différence de gabarit, le t-shirt moule étroitement la poitrine du comte. Ils en sont à guider son bras gauche dans la manche du sarrau lorsque François donne signe de vie. Il reconnaît Sophie et l'enlace. Après une inspection rapide de son environnement, il ferme les yeux et soupire de découragement. Sophie se dégage doucement, lui prend la tête entre ses mains pour le forcer à la regarder en face.

— François, écoute-moi. Il faut absolument que tu reprennes entièrement conscience. Il faut fuir. Chaque seconde compte. Penses-tu pouvoir marcher ?

— Oui, oui, je le crois, répond-il d'une voix hésitante.

— Nous n'avons pas un instant à perdre, interrompt Mike. Il faut partir. Comprenez-vous bien ce que je dis ? Votre épouse affirme que vous parlez anglais.

François fixe Mike et lui répond dans un anglais britannique alourdi d'un fort accent français :

— Vous vous exprimez dans un dialecte auquel je ne suis pas accoutumé. Je peux cependant vous comprendre. Pouvons-nous retourner là d'où nous venons ?

— Non. Je ne peux pas expliquer pourquoi maintenant. Il vous faut sortir d'ici et vous cacher sous peine de devenir prisonnier. Faites-nous confiance. Shannon et moi risquons gros à vous aider. Nos carrières, que dis-je, notre liberté, sont en jeu.

— Alors, pourquoi le faites-vous ?

Mike hésite avant de regarder François dans les yeux, en notant leur couleur inhabituelle.

— Comment vous expliquer ? Disons que je ne veux pas avoir honte quand je me regarde dans un miroir. Vous comprenez ?

François fait signe de la tête, en souriant faiblement.

— Voici mon plan, poursuit Mike. Nous allons essayer de vous faire passer pour des collègues en visite. Il va falloir vous comporter comme si tout ce que vous voyez était tout à fait normal et contenir votre étonnement. Croyez-vous pouvoir le faire ?

Bien qu'adressée au couple, sa question vise surtout François.

— Je vais essayer, répond François.

— J'espère que les corridors seront déserts. Tout le monde devrait être très occupé à évaluer les conséquences de votre arrivée sur les systèmes dont ils sont responsables. Si jamais quelqu'un nous remarque, nous utiliserons le *taser*, puis les endormirons avec une injection. Vous me suivez toujours ?

Ils acquiescent, bien que ni *taser* ni injections ne fassent impression sur le comté. Après quelques pas incertains, François peut finalement marcher sans soutien. Ils ont tôt fait de retourner dans la pièce de surveillance. Mike s'apprête à glisser sa carte magnétisée dans le senseur pour déverrouiller la porte donnant sur le corridor, lorsque Shannon s'adresse à François :

— Puis-je suggérer que vous attachiez vos cheveux ? Vous voyez, nous nous trouvons dans un centre de recherche où peu d'hommes les portent longs. Vous risquez d'attirer l'attention. Une fois dehors, votre aspect aura moins d'importance. Tenez, voici un élastique.

François tend la main pour recevoir une boucle beige et flexible d'un diamètre beaucoup trop grand. Perplexe, il se fige. Sophie s'empare de l'objet et ramène les mèches de son mari en une queue-de-cheval qu'elle camoufle derrière son col de sarrau. Mike s'arrête devant François pour lui faire d'ultimes recommandations.

— Nous allons maintenant nous diriger vers l'ascenseur qui aboutit dans un institut où travaillent des chercheurs tout à fait ignorants de l'existence d'un complexe sous leurs pieds. Il y aura des gardes à la sortie de l'ascenseur ainsi qu'à la clôture entourant l'édifice. Questions ?

— Que voulez-vous dire par ascenseur ?

Les épaules de Mike s'affaissent quelque peu. Il prend conscience de l'immensité du gouffre que François devra combler.

— Je vous l'indiquerai lorsque nous y serons, répond-il. Allons-y.

François sent les doigts de Sophie se nouer aux siens. Il renonce à comprendre pour le moment. Ils se hâtent le long des corridors tout en essayant d'avoir l'air de ne pas se dépêcher. Ils atteignent la cage d'ascenseur sans encombre. Sophie murmure quelque chose à l'oreille de son époux. Dès que la porte se referme sur eux, Mike dévisse le panneau de commande et fignole les circuits pour rendre l'appareil hors d'usage après leur sortie. François tressaille et réprime une nausée lorsque la boîte se met en branle. Les portes s'ouvrent enfin. Devant eux, ils remarquent des badges comme les leurs, disposés sur un panneau mural. Imitant Mike, ils y suspendent leur insigne et accrochent leur sarrau dans un casier. Une porte métallique au bout de la pièce s'ouvre facilement après utilisation de la carte magnétique de Shannon.

Ils entrent dans un espace dont on ne peut sortir que par un portail rappelant le service de sécurité d'un aéroport. Shannon s'y engage la première, après avoir inséré sa carte d'identification dans une fente. Un garde compare l'information de la carte à l'image-vidéo de la personne, avant d'activer l'ouverture d'un battant de métal. Il a aussi devant lui une image aux rayons X. Pour ne pas éveiller sa méfiance, Shannon a laissé les *tasers* derrière. Le garde ne verra cependant rien d'anormal à sa possession de seringues, puisqu'il sait qu'elle est médecin. La porte s'ouvre sans anicroche et Shannon s'arme de son plus beau sourire, espérant éviter au groupe un examen trop poussé. Le battant coulissant se referme rapidement après son passage.

— Bonjour Steve. Comment ça va ? J'ai oublié de te demander des nouvelles de ta femme ce matin ?

— Oh, elle se porte à merveille, rayonne le garde. Elle a presque retrouvé sa taille de jeune fille et Junior pousse comme de la mauvaise herbe. Mais que vois-je ? Tu as convaincu Mike de sortir avant dix heures du soir !

Son écran d'ordinateur vient effectivement de télécharger l'identité du docteur Simpson ainsi que de le montrer en train d'attendre sous le portail.

— Oui, nous avons réservé dans un restaurant italien et nous risquons d'être en retard. Je t'en supplie, dépêche-toi de le laisser passer avant que Mike ne change d'avis.

La main de Steve se tend vers le commutateur pendant qu'il s'amuse de la remarque de Shannon, mais il suspend son geste :

— Eh, Mike. C'est quoi, ce sac ? Je ne peux pas voir ce qu'il y a à l'intérieur ? dit-il dans le microphone.

Sur l'écran, Mike lève les yeux au ciel. Sa réponse se fait entendre dans le haut-parleur.

— Mon sac de gymnastique s'est déchiré. J'ai emprunté le premier que j'ai trouvé sans remarquer qu'il était doublé de plomb. Naturellement, tu ne peux voir à l'intérieur. Laisse-moi passer et je me ferai une joie de te montrer ce qu'il contient. Je te suggère de retenir ta respiration, car le contenu n'a pas vu l'intérieur d'une machine à laver depuis belle lurette.

Steve actionne enfin le commutateur. Souriant avec espièglerie, Mike entre dans la salle d'accueil et se dirige droit vers le garde dont il s'approche le plus possible. Avant que l'agent de sécurité ne puisse se pencher vers son sac, Mike en sort un *taser* qu'il s'empresse d'utiliser. Pendant ce temps, Shannon pique une seringue dans le bouchon d'un flacon.

— Vite Shannon ! crie Mike en ralentissant la chute de Steve.

Shannon pique l'avant-bras du garde. Mike actionne le commutateur, prie Sophie et François de venir les rejoindre, puis entraîne le groupe vers la sortie de l'édifice. Il marque une pause devant une paire de portes vitrées et s'adresse à François.

— Lorsque nous aurons franchi ces portes, nous serons à l'air libre. En plein milieu du 21e siècle. On y va ?

CHAPITRE 5

Le monde extérieur

Dès le seuil de l'institut, des changements de température et de luminosité assaillent François. L'air marin et frisquet remplace le confort du chauffage central. Ses derniers souvenirs du monde extérieur appartiennent à une ruelle parisienne d'antan, peu après le crépuscule. En voyant le soleil bien au-dessus de l'horizon, il présume, à tort, qu'il a dormi toute la nuit et une partie de la matinée. Malgré sa résolution, il hésite à avancer.

Un spectacle à la fois nouveau et familier le prend d'assaut. Le ciel, les nuages et la rare verdure font monter en lui une courte louange à Dieu. Le reste du tableau aurait de quoi étonner ses contemporains. Des carrosses métalliques sans chevaux, alignés en belles rangées militaires sur une place au revêtement gris parfaitement uniforme, taquinent sa mémoire jusqu'à ce qu'il se rappelle les avoir vus dans le journal illustré de Sophie. Même leur nom lui revient. Le ronronnement de l'automobile qui passe lentement devant eux lui saute aux oreilles.

D'un pas incertain, il suit Mike qui se faufile entre les voitures jusqu'à l'une d'elles, sans signe particulier. Un déclic se fait entendre lorsque Mike pointe un objet noir vers le véhicule. Invité à prendre place sur la banquette arrière avec Sophie, il la voit tirer sur une barre de métal à même la portière. François se rend compte qu'il s'agit d'une poignée de matière inconnue. Il s'engouffre dans la voiture, tête première, pour ensuite remarquer que les autres mettent d'abord le pied à l'intérieur. Contrairement aux autres, il tire tout doucement la portière à lui sans parvenir à la fermer complètement. De son siège, Sophie s'étire pour l'enclencher d'un mouvement vigoureux. Elle en profite pour lui attacher autour des hanches deux courroies fixées au siège. Un sentiment oppressif en résulte et il essaie de détacher la ceinture. Sophie l'en décourage par souci de sécurité.

Installé devant, Mike insère une clé dans une serrure et agrippe une sorte de roue. Aussitôt la voiture se met à vibrer. Tous les muscles de François se crispent. La nervosité de son passager déteint sur Mike et ne fait qu'amplifier la torture qu'il inflige quotidiennement à l'embrayage de sa Toyota. François pique du nez vers le siège avant lorsque l'automobile fait marche arrière, pour être immédiatement projeté vers son dossier quand la voiture se propulse vers l'avant.

La machine infernale s'immobilise devant un poste de garde. Mike échange quelques mots avec le soldat, sur un ton qui semble aimable. La barrière devant eux commence à se soulever, puis une sonnerie perce le silence. Le garde porte à son visage un tube plat dont il place une extrémité sur son oreille et l'autre à sa bouche. Le visage du militaire enregistre la surprise et, quelques secondes plus tard, la barrière interrompt son mouvement ascendant. Dans un crissement de pneus, la voiture bondit et accroche le levier en passant. Mike vire sur deux roues avant de longer le périmètre de l'institut. Il accélère, accélère et accélère encore.

François saisit d'une main celle de Sophie et, de l'autre, il se cramponne à l'accoudoir. La couleur exsangue de ses jointures s'harmonise avec la lividité de son front et de ses joues. Regarder par la fenêtre à sa droite l'étourdit dans un brouillard de lignes qui défilent, changeant de teinte selon qu'il s'agit de la route ou de la verdure qui la borde. Il ramène son attention vers l'avant pour fixer l'horizon et empêcher son estomac de se soulever. Ils viennent à un cheveu d'entrer en collision avec un monstre à dix roues. S'apercevant que les autres occupants de la voiture surveillent leurs arrières, François fait de même, juste à temps pour remarquer des lumières bleues et rouges clignotant dans le lointain. Il lui semble que la voiture prend encore de la vitesse, en une rapidité qui lui noue le ventre.

— Merde! s'écrie leur chauffeur.

Il vient de voir au tournant une file de voitures arrêtées derrière une barrière. François note une sorte de lanterne ronde et rouge attachée à un poteau, avant qu'un coup de freins ne le fasse piquer du nez vers la banquette. L'automobile ne s'arrête pourtant pas, car Mike s'engage brusquement dans la voie de gauche à toute allure.

— Mike! Non! Le pont-levis! Il doit avoir commencé à se soulever. Tu vas tous nous tuer! s'exclame Shannon.

— Non, je crois que j'ai le temps.

La chaussée semble encore intacte, mais lorsqu'ils atteignent la section entre deux piliers, un changement de dénivellation met les amortisseurs à l'épreuve. Mike ne s'arrête pas et change de voie. Le temps de franchir l'écart initial, le pont a monté de près d'un pied. François voit avec horreur que le vide s'est ouvert devant eux. L'élan projette la voiture en vol plané au-dessus de l'échancrure, jusque de l'autre côté.

Suite à l'atterrissage sans douceur, Shannon continue sa harangue:

— Ne refais jamais cela! C'était complètement dingue!

— N'était-ce pas amusant! J'ai toujours rêvé de le faire! Comme dans les films.

— Suicidaire oui ! Garde tes ambitions de cascadeur pour toi !

— Du moins cela nous aura débarrassés de nos poursuivants. Voyez-vous toujours les feux giratoires ?

— On n'en verra plus tant que tous les policiers de ce côté-ci du pont n'auront pas été avertis !

— Je sais. Nous devons changer de moyen de transport. Le traversier peut-être ?

— Non, s'ils trouvent la voiture au stationnement du terminus de Vallejo, ils vont nous attendre à la sortie du bateau.

— Abandonnons la voiture et prenons l'autobus. Tiens, voici un *Bay Link Express*. Il nous amènera à une station de métro. Je vais le devancer et cacher la voiture. Ça va derrière ? fait-il tout en regardant dans le rétroviseur.

— Hum, oui je pense, mais votre façon de conduire me fait passer le goût des montagnes russes, commente Sophie. Où allons-nous ?

— Chez un de mes amis qui a un condominium au centre-ville de San Francisco. Il est très riche. S'il décide de nous aider, comme je le souhaite, ses ressources et ses contacts nous seront d'une grande utilité. Ah, voilà ce que je veux. Je vais laisser la voiture dans le stationnement de ce centre commercial.

— Et quand allez-vous nous expliquer ce qui se passe ? tente Sophie.

— Dès que nous serons loin d'oreilles indiscrètes et que nous aurons échappé à la police. D'abord, il nous faut attraper cet autobus. Pressons-nous!

Sophie remarque l'extrême pâleur de François.

— Est-ce que ça va? Tu sais, normalement, personne ne voyage en voiture à cette vitesse et de cette façon. J'en ai moi-même l'estomac un peu retourné.

François ne desserre pas les dents. Son regard fuit celui de Sophie.

— Viens, il nous faut prendre un autobus, continue-t-elle doucement. Je t'assure qu'un véhicule public se déplacera moins vite.

Sophie se penche du côté de la portière de François pour lui montrer comment l'ouvrir. Elle sort et va le rejoindre. Elle lui prend la main pour l'entraîner dans la direction que Mike et Shannon ont déjà prise, mais François résiste. Se dégageant d'un coup sec, il se penche pour vider le contenu de son estomac sur le pneu arrière. Après le dernier haut-le-cœur, il sent Sophie lui caresser doucement l'épaule. Les yeux mouillés et les jambes en chiffon, il s'agrippe à la voiture pour se redresser. À une vingtaine de pas, Shannon murmure à Mike :

— J'espère que nous ne commettons pas une grave erreur. Il pourrait être porteur d'un virus dangereux pour nous, ou vice versa. Son métabolisme pourrait être totalement différent du nôtre. J'aurais tellement voulu le soumettre à un examen médical. Si jamais il montre de graves anomalies, je n'ai rien…

— Je sais. Je sais. Ne tire pas ce genre de conclusion. Il n'aura pas aimé ma façon de conduire, voilà tout. C'est compréhensible, il n'a jamais utilisé une automobile auparavant.

Mike revient vers François et lui tend un mouchoir en papier.

— Je suis sincèrement désolé. S'il n'en avait tenu qu'à moi, vous auriez reçu un accueil bien différent et votre acclimatation à notre monde se ferait en douceur. Malheureusement, je me dois de vous presser encore. Nous ne pouvons pas rester ici. L'autobus devrait être là d'ici quelques secondes. Vous suivrez ?

Incertain de pouvoir faire usage de sa voix, François acquiesce d'un mouvement de la tête. Une fois rendu à l'arrêt d'autobus, Mike donne ses instructions :

— Il nous faut absolument nous perdre dans la foule. Tâchez de parler le moins possible, surtout si quelqu'un peut entendre. Vous pouvez vous débarrasser du mouchoir dans la poubelle là-bas.

— Je pensais vous le rendre après l'avoir lavé, répond François.

— Un mouchoir en papier ? On le jette après usage.

— En papier ? N'est-ce pas là une façon bien onéreuse de se moucher ?

Mike se demande un moment combien d'adeptes le mouvement vert pouvait bien compter au 18e siècle, puis il se rappelle que le papier devait être une denrée relativement rare en ce temps-là.

L'autobus s'immobilise devant eux. Après un geste de recul devant le mastodonte, François se résigne à y monter. Mike règle le tarif, puis les entraîne à l'arrière. Heureusement, l'autobus est pratiquement vide. François prend place sur une banquette. Pour la première fois depuis leur arrivée dans ce monde incroyable, il peut laisser le rythme de son cœur et de ses pensées ralentir. Les doigts de Sophie caressent doucement les siens. Il sent bien qu'elle veut être rassurée, mais il ne parvient pas à esquisser le moindre sourire. À quoi bon lui mentir ?

La curiosité l'emporte et il regarde par la fenêtre de l'énorme diligence. Plusieurs croquis de Sophie lui reviennent en mémoire ainsi que les photos du magazine. Il reconnaît à peu près la bicyclette que Sophie a voulu lui construire et les maisons entièrement couvertes de verre. L'habillement ou plutôt le manque de vêtements des passants le fascine et le dégoûte à la fois. Malgré sa promesse, il trouve difficile de ne pas fixer les jambes des femmes qu'il voit déambuler sur les trottoirs. Il admire la discipline inhérente des automobilistes et des piétons devant la dictature des fanaux lumineux à chaque intersection.

Finalement, l'autobus s'arrête devant un édifice qui semble être la destination des quelques passagers. Mike leur souffle qu'ils doivent descendre et sauter dans le métro. Devant l'air stupéfait de son mari, Sophie ajoute qu'il s'agit d'un train souterrain. Shannon précise que ce métro-là voyage au-dessus du sol pour une grande portion du trajet. Toutes ces nuances le dépassent, car François ne saurait se représenter un train.

Une fois dans la station, Mike se dirige vers un guichet automatique pour acheter quatre billets. Il n'utilise que du comptant, sachant pertinemment que l'usage de ses cartes de crédit laisserait une trace de leur passage. Toutefois, en adepte invétéré de la carte plastifiée, il ne transporte d'ordinaire que peu de billets de banque. Après l'achat, il ne lui reste que de la menue monnaie.

Mike tend à chacun un petit bout de papier. Suggérant à François de faire la même chose, il insère le sien dans la fente d'une boîte de métal qui le lui rend automatiquement, puis il avance vers une barre horizontale qui cède d'une simple poussée. François l'imite et se fait rappeler de ramasser son billet. La foule les gobe. François se voit entraîné vers un escalier mobile. Il refuse de s'y engager, mais tiré doucement par Sophie et poussé moins doucement par le passager de l'heure de pointe qui le suit, il prend place sur la marche qui se déplie à ses pieds. Le fait d'avancer sans remuer les jambes lui arrache presque un cri d'effroi. Il atteint une plateforme bondée, pour s'arrêter juste à temps devant un fossé profond strié de quatre longues barres de métal parallèles. Il sursaute lorsqu'un serpent de verre formé d'une longue suite de diligences entre en gare. Le grincement des freins achève de l'épouvanter, sur fond de voix féminine et de musique insipide émanant du plafond.

Hébété, il se laisse conduire dans le long véhicule qui voyage à une allure vertigineuse. Une allée étroite le sépare de Sophie. Par la fenêtre, il peut voir le train dépasser les voitures qui se déplacent sur une route voisine assez large pour accommoder plusieurs automobiles côte à côte. Une voie parallèle accueille la circulation en sens inverse. À l'arrêt suivant, il se lève presque à l'entrée des dames, mais Sophie l'en décourage d'un imperceptible signe de tête. Bientôt, le train s'engage dans un sombre et interminable couloir dont les murs lui semblent collés aux vitres. Le soulagement l'envahit lorsqu'ils atteignent la prochaine station bien éclairée.

Une demoiselle vient s'asseoir devant lui, sur un banc perpendiculaire au sien. Le regard de François effleure les chevilles bien moulées pour remonter ensuite jusqu'à la jupe très courte. Avec une lenteur calculée, la jeune fille croise les jambes. Se rappelant à l'ordre, François détache ses yeux des cuisses de la voyageuse pour regarder furtivement son visage. Il sursaute légèrement lorsqu'il s'aperçoit qu'elle le dévisage avec effronterie. Elle doit venir tout juste de sortir de table, car elle mâche encore. D'un bruit de gorge hostile, Sophie fait remarquer sa présence et son animosité. La passagère descend au prochain arrêt, non sans un clin d'œil en direction de François.

Au bout d'un moment qui semble une éternité, Mike signale de descendre. Une fois hors du métro, François s'excuse. Il n'a pas voulu attirer l'attention de la jeune femme.

— Bof, répond Mike, ne vous en faites pas. Quand je vous ai demandé de passer le plus possible inaperçu, j'ai sous-estimé votre pouvoir séducteur. Allons, continuons ! Il nous reste près d'une demi-heure de marche, car pour brouiller les pistes, je n'ai pas voulu arrêter trop près de notre destination.

Dès leur sortie de la gare, la hauteur phénoménale des édifices accable François qui s'efforce de réprimer son étonnement. Il marche en silence à côté de Sophie et cherche un élément connu auquel s'accrocher. Le soleil lui semble maintenant plus proche de l'horizon qu'auparavant, son ombre plus allongée. Il en conclut s'être trompé : la journée doit être plus avancée qu'il ne le croyait.

Avant de s'engager sur l'avenue qui borde la résidence de son ami, Mike s'arrête pour observer les alentours. Il ne détecte aucune présence suspecte, pas de voiture stationnée ou de passants qui se cachent derrière leur journal. Il guide le groupe jusqu'à l'intérieur du vestibule, soulève un combiné et appuie sur le bouton juxtaposé au nom de Leopold Sparski. Dans sa tête, une litanie s'installe :

– « J'espère qu'il est là, j'espère qu'il est là... »

CHAPITRE 6

L'explication

Une voix que Mike reconnaît facilement se fait entendre dans le haut-parleur. Il s'exclame aussitôt :

— Leo! Dieu soit loué, tu es chez toi!

— Mike? Quelle surprise? Que me vaut ta visite en cette fin d'après-midi?

— Es-tu seul?

— Euh! Oui, pourquoi?

— Laisse-nous monter et je vais tout t'expliquer.

— Nous? Qui est avec toi?

— Shannon et un couple d'amis.

— Splendide. Je vous attends.

L'homme qui les reçoit affiche la cinquantaine bien portante, pantalon beige et chemise polo assortis.

— Ah! C'est un plaisir de vous revoir tous les deux, constate Leo. Entrez, vous et vos amis êtes...

Sa phrase reste en suspens dès qu'il détaille Sophie. Les sourcils froncés, il lui tend la main d'une manière hésitante :

— Pardonnez-moi, mais il me semble vous connaître. Est-ce que nous nous sommes déjà rencontrés ?

— Non, je ne crois pas, répond-elle, en lui rendant sa poignée de main.

— Tu te souviens peut-être d'avoir vu sa photo dans la documentation relative à une personne disparue de la ville de Québec, au Canada, suggère Mike à son ami.

Le visage de Leo s'éclaire :

— Mademoiselle Dumouchel ! fait-il en prenant les deux mains de la jeune femme entre les siennes. Ah, c'est merveilleux ! C'est fantastique ! Ils ont finalement réussi à vous ramener ! Quand cela s'est-il produit ?

— Il y a moins de trois heures, l'informe Mike en consultant sa montre.

Le sourire de Leo se fige quelque peu.

— Comment êtes-vous sortis du Centre aussi rapidement ? Pourquoi êtes-vous venus ici ? interroge-t-il avec circonspection.

— Nous avons besoin de ton aide. Avant tout, laisse-moi te présenter l'époux de Sophie.

Mike désigne François en s'exclamant :

— Ma foi, avec tout cela, je ne vous ai pas encore demandé votre nom de famille.

Leo considère enfin le dernier visiteur. Il note les cheveux longs mal contenus sur sa nuque, la barbe d'un jour et le chandail dont l'élasticité semble mise à l'épreuve. Toutefois, une raideur dans la posture de l'homme transcende son aspect extérieur négligé. François salue leur hôte en inclinant le torse, la main droite sur son ventre et les talons joints. Il se redresse avec toute la noblesse dont il se sait investi.

— François Philippe Emmanuel Maillard, comte de Besanceau, déclame-t-il.

Mike siffle d'admiration :

— Un véritable aristocrate français !

— Un instant, un instant, implore Leo. Selon le dossier, elle n'était pas mariée.

— Elle s'est mariée pendant son séjour là-bas, précise Mike.

— Ce qui veut dire que M. le Comte sort de l'espace interne, conclut Leo d'un air ahuri.

— Exactement et ce n'est pas tout. François, je peux vous appeler François, n'est-ce pas ?

— Je le suppose, accepte François à contre-cœur.

— François, donc, auriez-vous l'obligeance de préciser à notre ami Leo vos date et lieu de naissance ?

— Je suis né le 13 janvier de l'année 1747. À Paris.

Leo et Mike échangent un regard rapide.

— Et, poursuit ce dernier, quelle était la date ce matin à votre lever ?

— Nous étions le 22 avril 1769.

— C'est absolument extraordinaire ! s'exclame Leo. Je n'arrive pas à y croire. J'ai besoin d'un siège et d'un bon verre. Il faut fêter cela. Ne restons pas plantés ici. Installons-nous au salon.

Leo s'efface pour laisser passer le groupe qui prend soudain conscience de la vue splendide de San Francisco qui s'étire trente étages plus bas. Deux murs de vitre donnent en effet sur un panorama grandiose. François hésite à s'approcher des minces parois transparentes qui le séparent du vide. Sophie remarque la veine qui bat rapidement à l'une de ses tempes. Elle prend la main de son mari et l'entraîne vers un fauteuil moelleux, en cuir, dans lequel il s'enfonce d'un coup, en sursautant.

« Dieu, quel étrange endroit ! » songe-t-il, totalement désorienté.

Pendant ce temps, Leo offre des liqueurs et des vins.

— Il vaudrait mieux éviter l'alcool, interrompt Mike. J'ai besoin de toutes mes facultés.

— Ah, fait Leo, déçu. Dans ce cas, puis-je vous offrir un Coke ou un Sprite ?

Quoique sa question s'adresse à la ronde, les yeux de Leo s'arrêtent sur François, dont le malaise augmente. La réponse se fait attendre. Sophie explique :

— Il s'agit de boissons sucrées, pétillantes, gazéifiées.

Leo se frappe le front.

— Que je suis bête! Je vous demande pardon. Bien sûr, vous ne savez pas... Je vais chercher quelques cannettes, de l'eau et des verres.

Leo disparaît vers la cuisine. Un silence gêné s'installe. Il y a trop à dire. Personne ne sait par où commencer. Finalement, François chuchote :

— Je ne comprends pas. N'avez-vous pas dit que votre ami est extrêmement riche ?

— Bien sûr, ne croyez pas qu'une telle résidence est à la portée de tout le monde, dit Mike en balayant la pièce de la main.

— Dans ce cas, pourquoi n'y a-t-il pas un majordome et des domestiques pour s'occuper du service ?

Mike reste sans voix, jusqu'à ce que le maître des lieux réapparaisse avec un plateau. Leo dépose le cabaret sur la table à café en invitant tout le monde à se servir. Sachant pertinemment que François attend ses gestes pour l'imiter, Sophie s'empare d'une cannette et en retire très lentement l'anneau de métal. Elle en vide ensuite doucement le contenu dans un verre qu'elle tient incliné. François sent toutes les pupilles fixées sur lui lorsqu'il saisit, à son tour, un de ces curieux cylindres métalliques. Il se concentre pour ne pas laisser ses mains trembler. Il parvient sans encombre à verser le liquide d'un brun peu appétissant dans son verre, avec l'impression d'avoir réussi un des travaux d'Hercule. Il porte le liquide à ses lèvres et, les bulles lui rappelant les délices du champagne, il se décide à en prendre une gorgée. Il se garde de tout commentaire et salue la compagnie en élevant son verre. Leo relance la conversation :

— Dites-moi François, vous êtes donc absolument convaincu d'avoir vécu au 18e siècle ?

— Mais bien sûr ! s'offusque le comte, fâché que l'on doute de sa parole.

— C'est extraordinaire. Nous avons réussi au-delà de toute espérance. Que s'est-il passé depuis leur arrivée ? demande encore Leo en pivotant vers les chercheurs.

— Ils ont été téléportés, tendrement enlacés. Dès que le docteur Mansfield les a vus, il a décidé de sauter immédiatement au plan B.

— Le plan B ? s'étonne Leo. Effacer les souvenirs de Sophie de sa mémoire ?

— Quel était le plan A ? interrompt Sophie.

— Vous accueillir, vous expliquer ce qui vous était arrivé et espérer que vous alliez consentir à garder secret notre projet de recherche, explique Shannon.

— Le plan B ne devait être appliqué que si nous ne pouvions pas faire appel à votre intelligence, reprend Mike. Dans le cas d'un trauma profond, par exemple, où les péripéties de la dernière année vous auraient fait perdre la raison. Personnellement, je n'y voyais qu'une solution extrême en vue de vous habiliter à revivre dans notre monde. Malheureusement, le docteur Mansfield n'a pas mes scrupules. Pour lui, la confidentialité prime toujours.

Lorsqu'il vous a vue, Sophie, sentimentalement attachée à François, il en a déduit que vous n'accepteriez jamais de vous séparer de lui.

— Et comment donc, j'aurais refusé ! s'écrie Sophie. De quel droit garderait-il François prisonnier ?

— En vertu d'un principe voulant que tout matériel arraché de l'espace interne soit conservé au centre de recherche. Cette règle a du bon sens lorsqu'il s'agit de microbes inconnus et peut-être nocifs, soit l'essentiel de nos spécimens à ce jour. Toutefois, elle devrait tomber lorsqu'il s'agit d'un homme.

Perplexes, Sophie et François s'efforcent de comprendre, pendant que la discussion continue entre les chercheurs.

— Qu'as-tu fait alors ? As-tu protesté ? demande Leo.

— Bien sûr, mais le docteur Mansfield m'a fait remarquer qu'il était mon supérieur et que je devais obéir à ses ordres, soit aider Shannon à interroger Sophie et François sous sérum.

— Ce que je n'ai jamais eu l'intention de faire, enchaîne Shannon.

— Nous avons donc décidé tous les deux d'aider Sophie et François à s'évader, poursuit Mike. Nous avons neutralisé au *taser* les gens qui se trouvaient sur notre chemin, y compris Mansfield. Nous leur avons également injecté un soporifique. Nous avions presque atteint la barrière de sécurité quand l'alerte a été déclenchée. Nous sommes ensuite venus ici plus ou moins directement.

L'expression de Leo passe de l'étonnement à la fureur.

— Êtes-vous devenus complètement fous ? Vous devez avoir toute la police fédérale sur les talons ! Tu sais ce que vous risquez, Shannon et toi ? La cour martiale, ni plus ni moins. Et vous courez ici !

— Nous ne pouvions quand même pas laisser faire le docteur Mansfield. Je ne veux pas me rendre complice d'une politique qui traite un être humain comme un dossier ultrasecret à garder dans un coffre-fort. Shannon non plus. Et toi ?

Leo élude la question :

— Tu vas faire quoi, maintenant ? Inciter les autres chercheurs à la révolte, ébruiter la nouvelle dans les médias ?

— Tout ce que je veux, c'est gagner du temps et permettre au comité de voter contre la décision du docteur Mansfield. Il suffit que nous nous cachions quelque temps. J'ai pensé qu'on pourrait utiliser une de tes nombreuses résidences. Toi, tu travailles en coulisses pour faire comprendre au comité que les décisions de Mansfield enfreignent les droits de la personne. Son attitude n'est pas fondée, car Sophie et François sont prêts à collaborer.

— Sûrement pas sans avoir compris ce dont il est question, s'insurge Sophie. Vous nous avez promis une explication, il me semble.

— Oui, vous y avez droit. Par où voulez-vous commencer ?

— D'abord que voulez-vous dire par espace interne ? Est-ce là votre façon de parler d'une machine à voyager dans le temps ?

— Non, nous n'avons jamais eu l'intention de voyager d'une époque à une autre. À l'origine, le projet visait à briser n'importe quel élément du tableau périodique en ses composantes de base et à les réorganiser pour en former un autre. En somme, nous avons repris la quête de la pierre philosophale en misant sur les efforts des anciens alchimistes pour transformer les métaux comme le plomb ou le cuivre en or. D'où le nom de projet Philo.

— Vous voulez parler de fusions et de fissions nucléaires, n'est-ce pas ?

— Oui, mais pas seulement à partir d'éléments radioactifs. Après avoir réussi à combiner des atomes, l'équipe du docteur Mansfield s'est attaquée à la formation de molécules simples, puis de molécules de plus en plus complexes. Ultimement, les scientifiques ont voulu reconstituer non seulement de la matière, mais des cellules vivantes.

— Ils ont voulu recréer la vie, résume Sophie avec effroi. Ont-ils réussi ?

Mike laisse son regard s'égarer du côté de François, puis revient à l'évolution du projet Philo.

— En quelque sorte. Les chercheurs ont découvert que, pour créer de la matière vivante, il ne suffisait pas de réunir la bonne combinaison de molécules. Ils ont émis l'hypothèse que pour être recréée à partir de matière inerte, la matière vivante devait avoir existé dans le passé. Et que pour être matérialisée, l'information à propos de ce qu'on voulait recréer devait être connue dans tous ses détails. Autrement dit, pour qu'une cellule ou un être prenne vie, il fallait que toutes les données à leur sujet puissent être reproduites et que celles sur leur milieu de vie soient elles aussi dans l'ordinateur, depuis leur environnement immédiat jusqu'à leur entourage éloigné : une pierre, une rue, un quartier, une ville, une région, une province, un pays, un continent, une planète, une galaxie, etc.

— Vous n'allez quand même pas me dire que vous avez recréé l'univers en entier, s'exclame Sophie.

— Bien sûr que non. Où aurions-nous pu le mettre ? ajoute Mike avec un sourire en coin. Nous avons emprunté des raccourcis. Nous n'en créons qu'un petit volume sous sa forme moléculaire, c'est-à-dire en tant que matière réelle. Nous appelons ce petit volume « espace interne ». Le reste du monde et les lois physiques qui le gouvernent sont mémorisés dans les banques de données d'un ordinateur très puissant. Nous l'appelons « univers virtuel ». Cela prend beaucoup moins de place, mais suffit pour contrôler ce qui entre et sort de l'espace interne.

Mike laisse à ses amis une ou deux secondes pour absorber l'information.

Voyant François manifestement dépassé, Shannon sort un crayon et un bout de papier de son sac à main.

— Représentez-vous l'espace interne comme une demi-sphère dont la partie plate est parallèle au sol, dessine-t-elle. Ce volume est complètement enveloppé de transformateurs d'énergie qui divisent et reconstruisent les particules infiniment petites qui y entrent et en sortent, explique la jeune femme en traçant une ligne pointillée autour de son demi-cercle initial. C'est la machinerie lourde, où les données sont changées en vraies molécules.

— Vous pouvez continuer, mais pas trop vite ! dit Sophie.

— Supposons que pour une raison ou une autre, un chien en mouvement soit programmé pour traverser l'espace interne. Ses composantes seront créées hors de la sphère, à partir des données de l'ordinateur. Au fur et à mesure de sa progression dans l'espace interne, le chien existera partiellement sous forme moléculaire et ressortira dans l'univers virtuel sous forme d'information… comme ceci.

Shannon agrémente sa description de dessins plus ou moins réussis : une esquisse de fichier informatique à gauche de son trait pointillé, d'où émergent graduellement une série de petits points et, une fois dans le demi-cercle, les pattes avant et la tête d'un chien. Au milieu de l'espace interne, elle dessine l'animal au complet, puis seulement les pattes arrières et une autre nuée de petits points, avant que la bête en entier ne disparaisse dans une autre icône représentant l'ordinateur.

Sophie et François fixent un moment le schéma, sans pour autant y voir très clair.

— J'ai peine à croire, dit Sophie, que vous puissiez recréer un vrai chien à partir de données informatisées à son sujet.

— C'est pourtant le cas. Les conditions initiales sont critiques, continue Mike. La simulation part obligatoirement de renseignements sur un univers où nous savons que la vie existe. La reconstitution d'un chien vivant doit procéder d'un chien ayant existé. Plus les données de départ sont réalistes, plus les résultats seront convaincants.

— Pourquoi diable avoir choisi des données sur la France au 18e siècle comme point de départ ?

— Nous n'avons pas choisi, car nous ne comprenons pas encore comment contrôler les conditions initiales. C'est comme lancer une ligne à pêche dans un torrent tumultueux, en espérant qu'elle accroche quelque chose.

— Où gardez-vous ce petit bout d'univers simulé, cet espace interne ?

— À l'étage situé sous le centre de contrôle où vous êtes arrivés aujourd'hui. C'est un volume de trois mètres de rayon.

— Trois mètres seulement? Mais j'ai vécu dans un espace beaucoup plus grand! Ou bien suis-je demeurée au milieu de votre espace interne, la simulation créant l'univers au fur et à mesure autour de moi, pour me donner l'impression de parcourir des kilomètres?

— Non, vous avez passé le gros de la dernière année et demie dans l'univers virtuel, donc en dehors de l'espace interne.

— Dans l'ordinateur? balbutie Sophie. Incroyable. Tout était si réel. Je me suis pincée assez souvent pour m'en assurer.

Sophie sent un frisson lui parcourir l'échine. François peine encore à suivre la conversation et n'ose demander des clarifications. En tête de liste se trouve la définition du mot virtuel.

— Laissez-moi illustrer ce concept comme Einstein a illustré celui de la relativité générale. Prenez un homme dans un ascenseur sans fenêtre. Il ne peut en aucun cas savoir s'il se trouve dans un ascenseur au repos à la surface de la terre et donc, dans un champ gravitationnel, ou dans un ascenseur loin de tout corps massif, mais en train d'accélérer vers le haut. De la même manière, dans une simulation stable, le sujet ne dispose d'aucun moyen de savoir s'il est dans le monde réel ou non.

— Autrement dit, traduit Shannon, il n'y a aucune différence perceptible entre avoir vécu toute votre vie sous forme moléculaire et avoir été créée avec le souvenir d'avoir vécu.

Qui sait ? À cet instant précis, nous figurons peut-être tous dans la simulation d'un groupe de chercheurs du 23e siècle…

— Vous voulez me faire croire que tout ce que j'ai vu et vécu là-bas n'existe que dans ma mémoire ? Que l'ordinateur a sauvegardé toutes les interactions que j'aurais logiquement dû avoir avec mon environnement. Que François…

— François est une copie en chair et en os, créée par l'ordinateur, d'un comte de Besanceau qui a vécu il y a plus de 200 ans, insiste Mike.

— Je suis peut-être un peu confus aujourd'hui, s'enflamme François, mais je sais encore qui je suis. Il n'y a pas d'autre comte de Besanceau que moi.

— Oui, et vous avez raison de le croire. Toute votre expérience, vos souvenirs, votre hérédité, les vingt premières années de votre vie, sont absolument identiques à ceux du véritable comte de Besanceau.

— Je suis le véritable comte de Besanceau, martèle François.

— Le véritable comte de Besanceau a vécu il y a deux cents ans. Il n'a jamais rencontré Sophie. Il n'a côtoyé que ses contemporains. À partir du moment où vous avez rencontré Sophie dans l'univers virtuel, votre vie a dévié de celle de cet homme-là.

— Bref, je n'ai pas vu le véritable 18e siècle, soliloque Sophie. J'en ai vu une simulation modifiée par ma présence et donc, mes actions en France ne pouvaient perturber le vrai 21e siècle. Et moi qui étais terrifiée à l'idée de laisser traîner mon livre de physique, au cas où faire avancer la science ne change l'Histoire. Mais, ... comment ai-je abouti dans votre univers virtuel?

— L'ordinateur configure l'univers passé dont nous avons besoin. Cependant, nous ne pouvons en extraire de l'information sans menacer l'intégrité de ce qu'il compile. Pour atteindre et évaluer l'exactitude des interactions programmées dans l'univers virtuel, il nous faut retransformer l'information en matière réelle. L'espace interne remplit donc une autre fonction : il est notre porte vers l'univers virtuel.

— Et comment entrez-vous dans l'espace interne?

— Grâce à un appareil que j'ai inventé, qui permet d'échanger les contenus de deux volumes de même forme. Simultanément, le contenu de l'espace interne est transporté dans ce que nous appellerons la salle de transfert, voisine du centre de contrôle, et le contenu de la salle de transfert est téléporté dans l'espace interne.

— On dirait *Star Trek*!

— Oui, un peu, excepté que dans *Star Trek*, quand le capitaine Kirk passait de son vaisseau à une autre planète, le contenu de la planète n'était pas en même temps téléporté dans le vaisseau Enterprise.

— Ah bon, d'accord, le projet Philo effectue un échange. Mais, si je n'ai jamais mis les pieds dans votre salle de transfert avant aujourd'hui, comment donc suis-je entrée dans l'espace interne ?

— Nous arrivons maintenant à la journée désastreuse du 5 décembre 2009. La pire de ma vie de chercheur.

CHAPITRE 7

Retour sur la journée du
5 décembre 2009

— Je vous présente le docteur Shannon Summers, annonce Mike en désignant la jeune femme assise à côté de lui. Elle se joint à notre équipe. Médecin diplômé, notre collègue possède aussi un doctorat en microbiologie et virologie. Elle analysera les spécimens vivants dès que nous les tirerons de l'espace interne, à chaque tentative de transfert.

— Vous ne risquez pas d'être très occupée, commente un homme aux traits caractéristiques du sous-continent indien, à l'amusement des cinq participants à la réunion.

Debout à l'extrémité de la table de conférence, Mike enchaîne :

— Elle étudiera également les spécimens inanimés que nous en avons déjà extraits.

— Alors, je retire mes paroles. Si vous comptez étudier nos échecs, vous ne manquerez pas de boulot, ajoute le même intervenant.

Des rires fusent. Lorsque le silence revient, Mike reprend son rôle d'animateur.

— Je propose que chacun fasse une mise à jour de sa contribution au projet. Rajiv, pourquoi ne commences-tu pas ? Tu sembles en brûler d'envie.

— Bien volontiers. Je suis le docteur Rajiv Sandhu. On m'a chargé de garder la simulation stable. Nous quantifions le flux d'énergie qui entre et qui sort de l'espace interne. Nous pouvons donc évaluer l'énergie totale contenue dans l'espace interne en tout temps. Avant qu'un corps y pénètre, la masse contenue dans ce volume en demi-sphère doit correspondre à environ 70 kilogrammes d'air. Si l'énergie totale dépasse de beaucoup cette valeur, la simulation n'est plus stable. Nous l'interrompons et recommençons l'initialisation à zéro, une procédure qui peut prendre des semaines.

Des murmures approbateurs font écho à ses observations.

— Choisir le point fixe dans l'univers virtuel, qui restera dans l'espace interne, demande également beaucoup de patience. Nous cherchons d'abord une direction qui fait varier la mesure d'énergie totale comme si c'était la densité atmosphérique qui augmentait. Nous orientons notre espace interne pour que sa partie plate repose juste au-dessus de ce que le brusque changement de masse nous dit être le sol, ce qui termine la procédure d'ancrage.

Rajiv aperçoit son café oublié devant lui. La gorgée tiède qu'il en tire lui fait regretter son geste.

— La simulation en cours a été ancrée il y a deux mois. Nous ne savons pas encore où, ni à quelle époque. Les données pendant cette période s'écartent passablement de tout ce que nous avons simulé auparavant. J'ai noté chaque jour une période d'inactivité d'environ 9 heures, suivie de fluctuations. Les changements de masse enregistrés varient de 10 à 90 kilogrammes pour une moyenne de 64 kilogrammes, soit la masse moyenne d'êtres humains.

— D'êtres humains ? dit Shannon.

— Absolument. Les fluctuations se manifestent le temps qu'il faudrait à un homme pour couvrir six mètres à pied. Rien de rapide là-dedans ! On dirait des allées et venues de passants. D'où l'hypothèse qu'en octobre dernier, nous avons ancré l'espace interne en plein milieu d'une rue piétonne.

— Permettez-moi une mise en garde, docteur Sandhu, l'arrête l'homme dans la soixantaine placé à l'opposé de Mike.

Shannon Summers a rencontré le directeur du centre plusieurs fois pendant son processus de nomination. Elle se doute de ce qu'il va ajouter, car le docteur Mansfield l'a avertie du besoin constant d'injecter une dose de réalisme dans les discussions de ses subordonnés.

— Voyez-vous, cette vision de rue piétonne n'est basée que sur des mesures ponctuelles, entend-elle. Mille et un phénomènes qui n'ont rien à voir avec quoi que ce soit de vivant pourraient être à l'origine de ces fluctuations d'énergie. Nos expériences antérieures laissent croire que c'est probablement le cas.

— Eh bien, moi, je sens que nous sommes beaucoup plus près du but que vous ne le croyez, lui oppose Mike. Je parie que cette fois, mon appareil va permettre d'extraire un échantillon vivant de la simulation.

Exaspéré par le pessimisme de son supérieur, Mike s'adresse ensuite à l'homme aux tempes grisonnantes assis à la droite de Rajiv :

— Leo, à toi maintenant.

— Je suis Leopold Sparski, chercheur sans doctorat. J'ai bâti ma carrière sur un diplôme de premier cycle en génie, commence leur collègue.

— Pourtant, tu es le plus riche de nous tous, monsieur le fondateur et PDG d'une multinationale spécialisée dans l'automatisation de lignes d'assemblage, le taquine Rajiv.

— Est-ce que tu veux parler à ma place ?

— Non, non. Je voulais seulement m'assurer que ton humilité n'allait pas priver le docteur Summers de ce détail.

— Mon expertise touche en effet la robotique. Ma contribution au projet Philo se résume à la construction d'un robot que j'ai nommé Hector. N'y voyez pas d'acronyme. J'ai simplement voulu traiter ce robot comme un collègue en lui donnant un prénom.

— Moi qui croyais que cela voulait dire <u>H</u>ighly <u>E</u>rratic <u>C</u>omputerized <u>T</u>ransmitter <u>O</u>f <u>R</u>ubbish[1], s'exclame Rajiv.

— Ah, tu te trompes, se moque une dame à l'allure hispanique. C'est plutôt <u>H</u>ugely <u>E</u>ntertaining <u>C</u>ompact <u>T</u>hough <u>O</u>bese <u>R</u>obot[2].

— Très drôle, vous deux, réagit Leo, une fois l'hilarité générale contenue. Ne vous en déplaise, Hector nous montrera ce qui se cache derrière la simulation. Il peut capter toute radiation électromagnétique, de l'onde radio jusqu'aux rayons gamma, en passant bien sûr par la lumière. Il peut filmer des images et enregistrer des sons. Il se déplace de façon autonome, change de trajectoire s'il rencontre un obstacle, se redresse s'il tombe, garde en mémoire ses déplacements et retourne sur ses pas. Tout cela et même plus !

— Vous devriez goûter sa crème brulée. Sublime ! confie Rajiv à Shannon en se baisant le bout des doigts, symbole international de l'excellence culinaire.

Leo ignore l'interruption.

— Dans quelques heures, nous téléporterons Hector dans l'espace interne où il séjournera pendant 30 minutes. Il s'aventurera à

---

1. Traduction approximative : Émetteur informatisé d'absurdités, hautement erratique.

2. Idem. Robot de format réduit, énormément divertissant quoique obèse.

plus de trois mètres de son lieu d'arrivée et prendra toutes sortes de mesures. Grâce à lui, nous pourrons vérifier si la transition entre l'espace interne et l'espace virtuel se fait sans bavure. Il reviendra à son point de chute et un deuxième transfert le ramènera au bercail. Si tout va bien, nous visionnerons ce soir les premières images prises dans le volume simulé.

Leo signale qu'il n'a plus rien à dire. Mike invite l'autre spécialiste à prendre la parole.

— Moi, je travaille sur une sonde-baladeuse, une merveille de nanotechnologie pas plus grosse qu'un brin de poussière. Elle joue le même rôle qu'un collier-émetteur attaché aux oiseaux sauvages pour suivre leur migration. Pardon, j'oubliais de me présenter : Dolorès Sanchez, docteure en nanosciences. Voilà, c'est fait. Ma sonde est créée par la simulation elle-même, au moment d'un transfert. Un système de communication permet de lire en tout temps ses coordonnées. La dernière fois, nous avons dû nous contenter de très peu de données, car la simulation est devenue instable 20 minutes après le transfert.

Dolorès prend une gorgée d'eau pour se permettre de souffler.

— Cet après-midi, pendant le transfert, ma sonde s'insérera dans une cavité d'Hector située à une hauteur d'environ un mètre. Elle suivra les mouvements du robot pendant son séjour dans la simulation. Est-ce que vous avez des questions ?

— Non, pas pour le moment, répond Shannon.

— Eh, bien, nous avons un après-midi excitant devant nous, conclut Mike. Rendez-vous dans une heure, à la salle de contrôle.

* *

*

Shannon admire le petit robot qui trône au milieu de la salle de transfert, de l'autre côté de la baie vitrée. Hector lui fait penser à R2D2, mais en plus hirsute quoique sans poil. Sur le panneau de présentation de Dolorès, le centre de l'espace interne est indiqué par une lumière rouge clignotante et ses limites par un cercle de la même couleur. Des rayons d'action de 30 mètres, 300 mètres, 500 mètres, 5 kilomètres et 100 kilomètres sont représentés respectivement par des cercles orange, jaune, vert, bleu et violet. D'un effleurement du doigt, Dolorès peut modifier l'échelle et la perspective du schéma. Elle choisit une vue à vol d'oiseau concentrée sur les cercles rouge, orange et jaune.

— Nous sommes prêts à initier la procédure de réchauffement, annonce Mike.

Son regard fait le tour des cinq personnes qui, il y a peu, blaguaient dans la salle de conférence. Un garde a pris position près de la porte. Mike ne lit qu'encouragement et excitation sur les visages. Il appuie avec détermination sur une commande lumineuse.

Presque tous les yeux se portent sur Hector qui attend patiemment la transformation de ses molécules en énergie. Tous les senseurs du robot ont été activés. Après trente secondes pendant lesquelles rien ne se passe, Shannon s'approche de Mike pour chuchoter :

— Est-ce qu'Hector est supposé disparaître progressivement ?

— Non, la période de réchauffement sert à faire une reconnaissance préliminaire des contenus des deux volumes à échanger. D'habitude, l'air se remplit de petites étincelles fugitives. Peut-être que les étincelles se trouvent à l'intérieur d'Hector, c'est pourquoi nous ne les voyons pas.

Quelque chose cloche. Mike lutte contre le pressentiment qui commence à l'envahir.

— Réchauffement terminé, annonce Rajiv dès qu'un signal lumineux l'en avertit. L'énergie totale est à son niveau minimum. Nous sommes prêts pour le transfert.

Le docteur Sandhu consulte les docteurs Mansfield et Simpson pour obtenir leur autorisation. Le directeur du centre n'hésite pas à la lui donner. Mike n'a pas le cœur de le contredire même si une sourde appréhension le crispe. Quelques secondes après que Rajiv eut activé le transfert, Dolorès annonce avec jubilation :

— Ma sonde-baladeuse vient d'être créée !

Effectivement, un point vert clignotant représentant la sonde apparaît au-dessus du marqueur rouge symbolisant le centre de l'espace interne. Avec autant d'enthousiasme, Rajiv souligne que l'énergie totale vient d'augmenter subitement.

— Comment est-ce possible ? Hector n'est pas parti ! remarque Leo, forçant chacun à se concentrer sur la salle de transfert plutôt que sur l'écran de Dolorès.

— Le transfert n'est pas terminé, explique Rajiv. La masse totale n'a augmenté que de 57 kilogrammes alors qu'Hector pèse près d'une demi-tonne métrique. Peut-être que seul l'intérieur du robot a été transféré. Son enveloppe extérieure devrait suivre. L'énergie totale devrait bientôt aug...

À la consternation générale, le point vert s'éloigne du voyant rouge, faisant un pied de nez à l'explication de Rajiv. Le clignotant a tôt fait de traverser la frontière de l'espace interne. Rajiv s'arrache de sa stupeur en notant que l'énergie totale a diminué de 57 kilogrammes dès que le point vert a quitté l'intérieur du cercle rouge.

— Si les roues et le système de locomotion d'Hector n'ont pas été transférés, comment diable la sonde se déplace-t-elle ? interroge Leo.

— Le vent peut-être ? suggère Shannon.

— Non, son mouvement est trop régulier, répond Dolorès. La hauteur reste pratiquement constante à environ un mètre du sol. Oups, non, elle vient de chuter à cinquante-trois centimètres de ce que nous nous pensons être la position du sol. Bizarre !

D'une légère pression des doigts, Dolorès ajoute un graphique au panneau pour illustrer les mouvements verticaux de la sonde. Tout le monde constate en même temps que la merveille nanotechnologique revient bientôt à sa hauteur d'un mètre.

— Cette masse de 57 kilogrammes vient-elle de la simulation elle-même ? demande Leo. Se peut-il que, par pure coïncidence, une matière qui traversait l'espace interne se soit substituée à Hector au moment où la sonde-baladeuse a été créée ? Un « quelque chose » de 57 kilogrammes...

Mike s'éloigne en jurant pour activer un autre panneau lumineux. Dans sa hâte, il néglige la chaise qui lui aurait procuré plus de confort. Un clavier d'ordinateur apparaît instantanément. Mike ponctue ses erreurs typographiques d'une autre série de jurons. Sur l'écran devant lui, une succession d'organigrammes donne accès, code par code, à tout l'appareil de transfert qu'il a inventé.

— Qu'avez-vous en tête ? dit le docteur Mansfield qui l'a suivi et qui tente de comprendre son agitation.

Mike ne remarque pas plus la présence de son supérieur à ses côtés que les commentaires qui fusent à l'autre bout de la salle, au moindre mouvement du point vert.

— Elle entre de nouveau dans l'espace interne, interjette Dolorès.

— La masse est au moins deux fois plus élevée! constate Rajiv. Pourquoi?

Les allées et venues du mystérieux objet passent de quatre à sept kilomètres à l'heure, tout en changeant brusquement de parcours plusieurs fois. Toutes les têtes suivent la traînée verte que laisse la sonde dans son sillage. Après cinq minutes, le trajet comporte plusieurs segments linéaires ponctués de virages à 90 degrés.

— Cela ressemble de plus en plus aux rues de New York sous la pluie, souffle Rajiv. En fait non. Les avenues ne sont pas assez parallèles. Je dirais plutôt Washington.

— Avez-vous remarqué que la sonde n'arrête pas aux coins de rue? Pas de feux de circulation dans ta ville! ajoute Leopold.

Des invectives particulièrement sonores détournent provisoirement l'attention du groupe vers celui qui vient de se laisser tomber sur sa chaise, le front entre les mains.

— Docteur Simpson, me direz-vous à la fin ce que vous essayez de faire? dit le docteur Mansfield en s'échauffant.

— Les valeurs numériques ne sont plus les mêmes, fait Mike. Je ne sais pas comment cela s'est produit. Je n'y avais rien changé.

— Qu'est-ce qui a changé?

— Les coordonnées de départ du volume qui a été transféré dans l'espace interne ne correspondent pas à celles de notre salle de transfert. Elles ne concordent pas avec la position d'Hector. Un transfert dans l'espace interne a bien eu lieu, mais à partir d'un endroit autre que notre laboratoire.

— À partir de quel endroit, alors ?

— Je ne le sais pas encore. Il me faut convertir cette série de chiffres en données de latitude, longitude et altitude. Ce pourrait être n'importe où au monde !

— Vous voulez dire que le contenu de l'espace interne, indéterminé, potentiellement nocif et même létal, vient d'être transféré hors de ce laboratoire, dans un lieu qui pourrait être peuplé. Quel désastre ! Avertissons tout de suite l'armée pour qu'elle fasse évacuer l'endroit que nous risquons d'avoir contaminé. Vite, il me faut les coordonnées de cette région.

— Cela veut aussi dire que nous avons peut-être envoyé dans l'espace interne une personne qui a eu le malheur de se trouver dans cette région, ce qui expliquerait le 57 kilogrammes.

— Ne vous occupez pas de cela maintenant. Il me faut la latitude et la longitude.

Pendant que, le téléphone collé à l'oreille, le docteur Mansfield fait les cent pas derrière lui, Mike tape ses directives. En attendant que l'ordinateur vérifie son mot de passe, il s'enquiert de la situation de la sonde.

— Elle s'est arrêtée à deux kilomètres de l'espace interne, lui répond Leo. Plus rien ne se passe.

Mike n'écoute déjà plus. Le mot de passe est accepté. Après dix minutes de frustration croissante, il s'écrie :

— Je les ai. Merde. Cela ne semble pas très proche.

Son écran a acquis tout un public. Mike importe les coordonnées géographiques dans un programme similaire à *Google Earth* et voit bientôt une carte-satellite de l'État de Californie s'éloigner et prendre place à l'ouest du continent américain. Le noyau de la carte migre vers le nord-est.

— Diable, c'est trop au nord. On va aboutir hors du pays, juge Leopold.

Effectivement, la frontière canado-américaine est traversée en un clin d'œil. Le focus gravite au-dessus de la province de Québec et commence sa descente.

— Faites que ce ne soit pas en pleine ville, implore Mike.

Lorsqu'il voit les rues transversales et le site touristique de la citadelle se superposer à la photo satellite, il sait que sa prière n'a pas été exaucée.

— C'est en pleine ville, dit Rajiv, énonçant la regrettable évidence.

— Une rue étroite, au plus une ruelle... peut-être pas très achalandée, suggère

Shannon en regardant l'endroit indiqué par une flèche lorsque l'échelle se stabilise.

— Achalandée ou pas, nous savons qu'il y avait là une personne mesurant plus d'un mètre. Probablement une femme, je dirais, d'après ses 57 kilogrammes.

— Cette masse n'est pas nécessairement vivante, note Shannon.

— Mais elle se déplaçait de son propre chef! s'exclame Leo.

— Au départ, elle peut avoir été poussée par le vent hors de l'espace interne. Ensuite, elle peut avoir été ramassée par un homme ou un animal. Rappelez-vous l'augmentation de masse lorsque la sonde est repassée par l'espace interne.

— C'est possible, je suppose, admet Mike. N'empêche... L'explication la plus probable est l'envoi d'un être humain en plein dans la simulation. Un vrai désastre!

— Imaginez le choc que cela a dû être, de quoi en perdre la raison... marmonne Rajiv.

Seule Dolorès s'inquiète des tribulations de sa sonde.

— Elle revient sur ses pas! crie-t-elle de l'autre bout de la salle.

Tous les occupants retraversent le laboratoire. En effet, le point vert suit rigoureusement le tracé segmenté de ses positions précédentes.

— Splendide! s'exclame Mike. Tout peut s'arranger. Il suffit de faire un transfert dès que la sonde atteindra l'espace interne, de ramener le 57 kilogrammes et de parachuter Hector dans la simulation, tel que prévu. Cette fois, je m'assure d'utiliser les bonnes coordonnées de la salle de transfert.

Mike retourne à sa console pour entamer de nouvelles opérations informatiques.

— Où en es-tu ? s'inquiète Dolorès. La sonde a atteint la zone orange.

— Ça y est, on l'a échappé belle ! s'écrie Mike. Commencez les procédures de réchauffement.

Il rejoint le groupe et respire profondément pour calmer son cœur emballé. Soudain, le panneau de surveillance s'illumine d'avertissements encadrés de rouge, la couleur des catastrophes.

— Oh non, ne dites pas que la simulation est devenue instable ! peste-t-il.

Rajiv l'assure que l'énergie totale n'a pas changé. Désespérant de la longue liste de défaillances, Mike note l'avortement final des procédures de réchauffement.

— Qu'est-ce qui se passe ? ronchonne-t-il, les deux mains dans les cheveux.

Son téléphone vibre. Un coup d'œil à l'afficheur identifie l'ingénieur responsable de l'appareil de transfert. Sans préambule, celui-ci annonce :

— Mike, le capteur vient d'exploser. On finit à peine d'éteindre les flammes.

La suite de jurons que Mike laisse échapper devient l'apothéose d'une journée pourtant riche en vulgarités.

— La sonde a atteint l'espace interne, avertit Dolorès. On procède au transfert ?

— Non, répond Mike en soupirant. Une pièce cruciale de l'appareil de transfert vient de briser. La réparer va prendre des mois, peut-être même un an.

— Les simulations précédentes ont duré au plus quatre mois et celle-ci fonctionne déjà depuis deux mois, leur rappelle Leopold. Nous risquons la vie de quiconque serait prisonnier de l'espace interne.

Complètement démoli, Mike contemple l'écran de Dolorès. L'être inconnu dans lequel s'est incrustée la sonde attend patiemment. Hector, lui, est de retour à son point de départ. Il a passé une demi-heure à se balader dans la salle de transfert, en essayant d'accomplir sa mission. Il a ainsi filmé des images très précises de scientifiques affairés et atterrés, derrière une baie vitrée.

CHAPITRE 8

Plan de fuite

— Bref, nous avons échangé accidentellement le contenu de votre ruelle à Québec contre ce que nous avions dans l'espace interne à ce moment-là. Quelques jours plus tard, nous recevions un rapport contenant votre photo et votre biographie, termine Mike. Des agents de la CIA avaient enquêté discrètement. Tout concordait : votre poids ainsi que la date et le lieu de votre disparition. Nous savions désormais qui nous avions envoyé dans l'univers simulé.

— Nous ignorions cependant le lieu géographique et l'époque où vous aviez été téléportée, comme en a témoigné notre surprise à votre arrivée, ajoute Shannon en riant.

— En vous écoutant, je me suis vue il y a un an et demi arriver devant Nicolas de Charenton, rouler en carosse jusque chez lui, puis revenir à la ruelle de l'Aveugle. C'est hallucinant ! murmure Sophie.

Leo intervient, par solidarité.

— Notre mission n'était plus que de vous sortir de la simulation. Il a fallu quatorze mois pour réparer la pièce brisée. Nous connaissions votre position mathématique en tout temps grâce à la sonde-baladeuse implantée dans votre corps, sans pouvoir vous situer physiquement, bien sûr. Nous attendions que vous retraversiez l'espace interne, pour tenter de nouveau l'échange entre son contenu et celui de la salle de transfert.

— Je ne suis pas passée là où vous l'aviez ancré, finalement, remarque Sophie. J'ai failli le faire après l'accouchement de ma servante, mais j'ai rebroussé chemin.

— Oui, nous nous en sommes rendu compte, précise Shannon. Nous étions si près du but. Dieu seul savait quand une autre chance allait se présenter. Mike a donc pris le risque de désancrer l'espace interne. Il l'a manipulé jusqu'à ce que le centre de ce micro-univers coïncide avec votre position mathématique. Puis *zap*, nous avons procédé au transfert.

— Pourquoi ne pas avoir essayé dès le moment où la pièce brisée était réparée ?

— Trop risqué, rappelle Mike en reprenant l'initiative de la conversation. Nous ne voulions pas faire voyager l'espace interne à travers des kilomètres de simulation. Déjà, nous remercions le ciel que la simulation soit restée stable pendant plus de seize mois. Déplacer l'espace interne de quelques dizaines de mètres, c'était déjà mieux. Peut-être aurions-nous quand même retenté l'expérience, en désespoir de cause.

— Bref, mon retour au 21e siècle n'était plus qu'une question de mois.

— Nous pouvions aussi vous perdre définitivement.

— Que va-t-il se passer maintenant ?

— Au pire, le comité de direction utilisera toutes les ressources militaires et policières pour retrouver notre trace et il nous capturera. Dans ce cas, s'il accepte les vues du docteur Mansfield, le comité vous fera subir, Sophie, un lavage de cerveau et gardera François sous observation pour le reste de ses jours. Shannon et moi irons en prison. Au mieux...

C'est le moment que choisit François, demeuré muet pendant la longue explication, pour laisser tomber une bombe :

— Et notre enfant ! Que feront-ils de notre enfant ?

*   *
*

Les trois chercheurs hoquettent de stupéfaction. Mike est le premier à retrouver l'usage de la parole :

— Quel enfant ? parvient-il à dire, consterné.

Et voyant Sophie poser une main protectrice sur son ventre, il s'exclame :

– Oh mon Dieu, vous êtes enceinte. Il ne manquait plus que cela !

– Qu'arrivera-il à notre enfant si votre police nous emprisonne ? répète François.

– Euh, je n'en sais rien. Je n'y ai jamais réfléchi. Shannon ? Leo ? Qu'en pensez-vous ?

Tous deux lèvent les épaules d'un air embarrassé. Mike reprend donc l'initiative.

– Hum, je suppose qu'étant donné l'importance du secret, deux choses pourraient se passer. Ou bien, Sophie recevrait l'autorisation d'accoucher et l'enfant demeurerait au centre de recherche toute sa vie, comme spécimen ultra-confidentiel. Ou bien, étant donné que le lavage de cerveau risque de ne pas affecter un passé antérieur à deux ans, c'est-à-dire qu'il ne pourrait effacer de votre mémoire tout souvenir de la conception, un avortement pourrait être prescrit.

François fixe Mike avec des yeux agrandis, puis bondit hors de son fauteuil. Le comte de Besanceau porte automatiquement la main à sa hanche pour retirer du fourreau l'épée qui ne s'y trouve plus. Accablé de désespoir et d'humiliation, il rugit :

– Vous voulez dire une interruption de grossesse ? Provoquée artificiellement ? Mais je rêve ! Quel monde en vérité que le vôtre ? Un monde qui arracherait l'enfant du sein de sa mère sans son autorisation ? Qui purgerait jusqu'au souvenir du père de cet enfant dans la tête de sa mère ? Sophie, tu m'avais décrit ton époque comme un monde meilleur. Est-ce là le progrès promis ?

Devant cette accusation, tous baissent la tête. Même Sophie se sent coupable de vantardise et n'ose plus ouvrir les paupières. Après un moment par contre, Mike se dresse, prêt à se défendre :

— Oui, un monde meilleur ! Un jour, je suis certain que vous serez d'accord avec moi. Un monde meilleur, répète-t-il en scrutant ses collègues, à cause de gens comme moi, comme Shannon, comme Leo, prêts à risquer leur liberté pour que vous soyez traité en être humain, avec tous ses droits.

Des hochements de tête affirmatifs lui donnent le courage de continuer :

— Si les membres du comité de direction prenaient le temps de se rassembler et de discuter du cas spécial que vous représentez, je suis sûr qu'ils vous accueilleraient bien différemment. Plusieurs n'arrivent même pas à concevoir que nous puissions ramener de l'espace interne autre chose que des bestioles. Confrontés à un homme en chair et en os, maître de toutes ses facultés, ils ne pourront que modifier et leur opinion et la procédure. Tout ce dont nous avons besoin, c'est de temps. Pour discuter de votre cas, pour faire comprendre que nous n'avons nullement l'intention de publier nos résultats. C'est pourquoi j'ai pensé à Leo. Il fait partie du comité de direction. Il peut discrètement insister pour que le comité se réunisse et plaider notre cause sans toutefois révéler notre cachette.

– Qu'espères-tu du comité ? s'informe Leo

– Qu'il prenne ses responsabilités et donne à notre ami les moyens de vivre dans notre siècle : une nouvelle identité, une formation qui lui permette d'exercer une profession, un gagne-pain. Que sais-je ?

– Laissez-moi parler à mes parents, supplie Sophie. Je suis certaine qu'ils nous viendront en aide. Ils doivent me penser morte à l'heure qu'il est. J'ai besoin de les rassurer.

Mike secoue la tête.

– Surtout pas. Vous devez nous promettre de ne pas communiquer avec eux, dit-il. Ils sont certainement sous surveillance. Vous seriez interceptée avant même de leur parler.

– Pourquoi ne pouvez-vous pas nous renvoyer, Sophie et moi, au 18e siècle ? suggère François.

Mike respire profondément avant de répondre.

– J'ai bien peur que ce soit impossible. Premièrement, je ne suis même pas certain que la simulation fonctionne toujours. De plus, si on vous y renvoyait, je ne sais pas combien de temps la simulation resterait en opération. Je ne peux pas vous garantir que les directeurs du projet Philo voudraient poursuivre indéfiniment une simulation de la France au 18e siècle. Si jamais nous voulions terminer cette reconstitution et en recommencer une autre, tout ce qui fait partie de la simulation à cet instant serait alors effacé des mémoires d'ordinateurs et l'espace interne serait vidé pour faire place à un nouvel essai. L'information à votre sujet disparaîtrait à jamais. Non, si vous voulez survivre, il faut que ce soit au 21e siècle, j'en ai bien peur.

La réponse de Mike équivaut pour François à une condamnation à mort. Il s'éloigne du groupe et lui tourne le dos. Il a envie de fuir, de descendre de cette tour et de courir droit devant lui. Et puis, à quoi bon ? Le monde extérieur le terrorise. C'est comme se jeter dans la gueule du dragon.

Sophie le rejoint, lui pose la main sur une épaule et appuie sa tête sur l'autre. Au fond, elle se réjouit de ne pouvoir retourner au 18e siècle, mais ce n'est pas le moment de le montrer. Elle se doit de consoler l'âme angoissée de François et prie de pouvoir y arriver. Il la prend dans ses bras et, désespéré, enfouit son visage dans la chevelure bouclée de sa femme. Elle regarde sans le voir le tapis ondulant de la ville striée de mille feux, le soleil s'étant englouti dans la mer depuis près d'une heure.

Observant du coin de l'œil le couple enlacé, Leo presse Mike :

— Vous ne pouvez pas rester ici plus longtemps. J'aurais trop de peine à cacher votre présence. Ma maison sur la mer, près de Monterey, est vacante. Aucun de mes enfants ne l'utilise présentement. Je suggère que vous vous y réfugiez. À moins que vous ne préfériez mon chalet au lac Tahoe ou ma villa sur la Côte d'Azur ? ajoute-t-il à la blague.

Sa question franchit le brouillard des pensées de François. Il se rapproche des deux hommes.

— Vous possédez une propriété sur la Méditerranée ? Où exactement ?

— Près de Saint-Tropez. Je suis désolé. Je blaguais lorsque j'ai suggéré cet endroit pour vous cacher. Ce serait trop compliqué. Sortir du pays suppose des passeports, difficiles à obtenir dans votre cas. Pas impossible, mais compliqué et illégal.

— Monsieur, vous auriez ma reconnaissance éternelle si vous nous permettiez de retourner en France. Je me sens complètement égaré dans votre pays.

— Vous ne retrouveriez pas la France telle que vous l'avez quittée.

— Je sais, pourtant mon cœur et mes racines se trouvent là-bas.

— Il vous faudrait prendre l'avion, c'est-à-dire voler. Un avion…

— N'y a-t-il plus de bateaux qui traversent la Manche ? demande François.

— La Manche ? Vous auriez bien plus que la Manche à traverser ! Où vous croyez-vous donc ?

— Ne sommes-nous pas en Angleterre ?

— Vous n'êtes pas en Angleterre, mais aux États-Unis d'Amérique.

François fixe Leo d'un regard baigné d'in-compréhension.

— Je t'ai déjà parlé des États-Unis, intervient Sophie. Tu sais, la colonie anglaise en Améri-que qui va se battre pour son indépendance.

— Si nous sommes vraiment dans cette colonie, pourquoi vois-je l'océan à l'ouest ? persiste François en balayant le panorama de la main.

— Parce que nous sommes sur la côte ouest des États-Unis, précise Shannon. De l'autre côté du continent.

François se laisse tomber lourdement dans le fauteuil le plus proche. Il n'avait pas encore compris à quel point il était loin de tout repère familier.

Shannon s'assoit près de lui et tente de sympathiser :

— Je vous comprends. Ce qui vous arrive peut vous donner l'impression d'être Alice en train de tomber dans le trou du lapin, mais lorsque vous serez mieux…

— De quoi voulez-vous parler ? Qui est Alice ?

Leo sort son téléphone et consulte Inter-net. Il pouffe :

— Lewis Carroll, né en 1832.

Shannon soupire :

— Je suis désolée, François. Je ne semble pas trouver les mots pour vous rassurer.

Leo fait défiler dans sa main la liste d'appels auxquels il a négligé de répondre pendant les deux dernières heures. Il est surpris de ne pas y trouver un message du centre de recherche. Deux importants chercheurs utilisent des *tasers* pour voler du matériel ultrasecret. À titre de directeur, il aurait dû être averti. Prenant dans son bureau tout ce qu'il considère nécessaire à leur fuite, il revient bientôt dans le salon.

— Il vaut mieux que vous partiez avant que quiconque ne vienne demander si vous avez tenté de me joindre, ou que la CIA mette un détective à ma porte pour surveiller mes visiteurs, ajoute-t-il. Vous pouvez prendre ma voiture la plus ordinaire, dont voici la clé. N'utilisez pas vos cartes de crédit. Voici de l'argent comptant. Achetez des vêtements et des provisions. Voici l'adresse à Monterey et les codes de sécurité. Il y a un GPS dans la voiture. Je vous tiendrai au courant de l'évolution du dossier.

— Que comptes-tu faire ? demande Mike.

— Une visite surprise au centre, demain.

— Comment la justifieras-tu ?

— Un rendez-vous avec toi, planifié il y a un mois.

Quelques minutes plus tard, le groupe est descendu au stationnement souterrain. Sur un signe de Leo, Mike invite François et Sophie à prendre place sur les sièges arrière d'une Audi noire immobile entre une Ferrari et une

Mercedes. Voyant l'effroi de François, Shannon s'empare de la clé en disant :

— C'est moi qui vais conduire cette fois. Finies les acrobaties !

Une heure plus tard, le comte fixe encore, halluciné, les phares des voitures qu'ils croisent. Son esprit ne parvient plus à digérer les stimuli incongrus que lui renvoient ses sens. Il ne souhaite plus que l'inconscience du sommeil, comme Sophie dont la tête berce doucement sur son épaule.

CHAPITRE 9

Apprentissage

Les balles de feu l'attaquent à une vitesse vertigineuse. Elles naissent du néant et y retournent. À la dernière seconde, elles dévient de leur course. Leur bombardement le laisse haletant chaque fois que la flamme le pulvérise presque. Il tente bien de parer l'attaque, mais ses bras se font de plomb et ses jambes semblent avoir changé de propriétaire. Parfois les boules prennent une forme fantomatique qui l'enveloppe un moment pour ensuite rejoindre leurs consœurs. Un cri veut jaillir de sa gorge, mais il s'y coince. Au moment où une dizaine de ces balles furieuses foncent vers lui, François se réveille.

En sueur, il se retrouve assis dans des draps fleuris. Une douce brise frôle sensuellement les rideaux diaphanes qui décorent la vitre servant de mur. Derrière, la mer étend sa nappe infinie où restent accrochés des sourires de soleil. Au loin, un bateau à voile écoute la chanson d'Éole. Dans les marguerites au pied de la fenêtre, les criquets célèbrent le retour de la lumière et répondent au cri des mouettes qui font des rondes dans le ciel azuré. François se laisse retomber sur l'oreiller moelleux à souhait, en murmurant :

– Morbleu, le cauchemar continue ! Je ne m'habituerai jamais à ce siècle.

Tout lui semble étrange : le mobilier et la pile de vêtements informes dont il s'est hâtivement départi avant de s'effondrer dans ce lit énorme, hier soir. Il sent ensuite un mouvement à côté de lui et regarde Sophie, tout aussi nue que lui, sortir des vapeurs du sommeil. Elle lui sourit et il essaie de faire de même, sans grande conviction. L'expression de Sophie se change rapidement en une moue.

– Ah zut, j'ai bien peur d'avoir encore de ces nausées matinales, explique-t-elle. Je n'ai pas mangé depuis des heures.

François sort de sa torpeur et du lit. En enfilant rapidement le pantalon, il dit :

– Je vais voir si je peux trouver quelque chose à te mettre sous la dent.

Il quitte la chambre en trombe tout en passant le t-shirt au-dessus de sa tête. Guidé par un bruit de voix, il achève d'ajuster le vêtement lorsqu'il passe le seuil de la cuisine. Mike et Shannon sont attablés devant des tasses fumantes et des assiettes parsemées de miettes de pain. Mike remarque la vilaine cicatrice sur le flanc de François avant qu'elle ne disparaisse sous l'étoffe. Ils n'ont pas le temps de lui souhaiter une bonne journée que François s'excuse déjà :

— Pardonnez-moi. Dans sa condition, Sophie doit manger dès son lever. Est-ce que je peux lui apporter une tartine ou une simple tranche de pain ?

Shannon comprend tout de suite :

— Ah oui, bien sûr. Les nausées matinales, au début d'une grossesse. Attendez, je vais vous préparer rapidement un plateau.

— Inutile de faire quoi que ce soit de compliqué. Un morceau de pain fera l'affaire. Nous vous rejoindrons dès qu'elle se sentira mieux.

Shannon lui tend deux tranches de pain :

— Je peux les faire griller en un rien de temps.

— Non. Non. Ça ira.

François revient après vingt minutes, chaussé, peigné et accompagné de Sophie. Shannon et Mike n'ont pas bougé. Leurs tasses ne fument plus, cependant.

— Est-ce que vous vous sentez mieux à présent ? s'enquiert Shannon.

— Oui, un peu, mais j'ai définitivement besoin d'un bon déjeuner.

— Eh bien, je peux vous faire cuire des œufs et du bacon. Il y a des rôties et une cafetière toute pleine.

— Des œufs et du bacon ! Je n'ai pas rêvé à cela depuis des lunes.

— Que prenez-vous d'habitude ?

— Une tartine et un café au lait.

— Le continental. Cela n'a pas changé en deux cents ans.

Sophie et François prennent place à la table pendant que Shannon s'affaire à la cuisinière.

— Avez-vous reçu des nouvelles de Leo ? demande Sophie.

— Non pas encore. Il va aller au centre ce matin, mais il ne peut arriver trop tôt. Ce serait suspect. J'espère qu'il communiquera avec nous cet après-midi. D'ici là, nous pouvons profiter de cette journée au bord de la mer, pourvu que nous n'attirions pas trop l'attention des voisins.

— Merci, cela me semble succulent, fait Sophie à l'adresse de Shannon qui dépose deux assiettes devant eux.

— J'espère avoir répondu à la plupart de vos questions hier, entame Mike. J'aimerais maintenant assouvir ma curiosité, moi aussi, et vous demander de raconter vos aventures à l'intérieur de la simulation. Nous n'avions jamais téléporté d'êtres humains auparavant, même si nos partenaires dans l'armée nous poussaient à faire ces tests. Imaginez l'avantage militaire d'un tel moyen de transport. Vous pouvez peut-être mieux comprendre leur obsession de confidentialité. Quelles étaient vos sensations pendant le transfert ?

— Une impression de vertige qui ne dura qu'un instant. Le changement de lieu a été tellement brusque.

— Et où avez-vous abouti ? Était-ce un espace assez ouvert ?

— Au milieu d'une ruelle, dans un quartier de Paris.

— Nous avions donc raison ! Nous avions imaginé quelque chose de ce genre, d'après vos déplacements et les fluctuations de l'énergie totale. Comment, d'inconnue démunie, êtes-vous devenue l'épouse d'un aristocrate, en un an et demi ?

— J'ai été terriblement chanceuse, dans ma malchance. La famille d'un banquier m'a recueillie, puis nourrie, habillée et logée.

— Comment ?

— Je suis apparue dans un halo d'étincelles, devant Nicolas de Charenton qui m'a prise pour la Sainte Vierge. À ce jour, il me voue une dévotion sans bornes. Je me suis liée d'amitié avec sa sœur Élyse. Je tremble à l'idée de ce qui me serait arrivé sans eux.

— Et vous vous croyiez vraiment au 18e siècle ?

— Je vous l'ai déjà dit. Je n'avais aucune raison de croire le contraire.

— Comment vous êtes-vous rencontrés, puis épousés ? demande Shannon.

— À un bal organisé au profit d'un hôpital. L'aristocratie et la haute bourgeoisie se fréquentaient à ce genre de rencontre sociale.

— On vous a présentés l'un à l'autre et vous avez eu le coup de foudre ?

François et Sophie échangent un regard, puis Sophie hésite avant de répondre :

— Hum, pas tout à fait. Éventuellement, au fil des rencontres qui se sont multipliées par la suite, nous avons appris à nous respecter, jusqu'à développer une profonde affection. Lorsqu'il m'a demandé de l'épouser, j'ai accepté.

— Aussi simple que cela ! s'exclame Shannon, plutôt incrédule. Enfin, je croyais qu'il était difficile, pour une bourgeoise, d'épouser un aristocrate.

— Mon statut était ambigu. J'étais plutôt difficile à classer. Cette incertitude sur mon passé m'a permis de côtoyer les nobles.

— N'y a-t-il pas eu d'opposition de la part de votre famille, François ?

— Oui, ma mère a bien essayé de nous séparer, mais elle n'a réussi qu'à raffermir ma décision.

— Et votre père ?

— Mon père est mort quand j'avais six ans. Il n'avait ni frère ni sœur. Dès ma majorité, j'ai reçu les pleins pouvoirs sur la fortune des Besanceau.

— Quand avez-vous appris que Sophie venait du futur ?

— Elle me l'a dit tout de suite avant d'accepter de m'épouser, ne voulant rien me cacher de sa condition.

— Et vous l'avez crue ?

— Pas complètement, jusqu'à hier.

— François, que saviez-vous du 21ᵉ siècle avant d'y arriver ?

— Sophie m'avait montré un magazine qu'elle avait apporté. Elle m'avait dessiné certaines inventions, des automobiles, des avions. J'avais entrepris la lecture de son livre d'électromagnétisme. J'avais lu son roman de Victor Hugo. Elle m'avait joué aussi quelques morceaux de pianoforte, des pièces qui me changeaient de Lully et Rameau, mais qui vous auraient paru familières.

— En parlant de musique, peut-être voudriez-vous en entendre. Leo a toute une collection de musique classique. Que diriez-vous de Mozart ou de Jean-Sébastien Bach ?

— Pourquoi pas Chopin ou Ravel ?

Mike reste interdit quelques secondes, puis comprend que François fait étalage de connaissances au-delà de son époque.

— Je vais voir ce que je peux trouver.

Mike disparaît dans le salon. Quand il revient, une mazurka de Chopin l'a précédé. François jurerait entendre un vrai piano à côté, et quelqu'un en jouer.

— Bon maintenant, avez-vous encore faim ? Voudriez-vous faire un brin de toilette ? Vous raser peut-être ?

— J'ai bien peur de ne pouvoir faire appel à mon valet. Me proposez-vous vos services ?

— Vous ne vous êtes jamais rasé vous-même ?

— Non, dit François, sans expliquer.

— Il est grand temps que vous l'appreniez. J'espère que Leo garde un rasoir électrique ici. Je ne me fais pas entièrement confiance avec un rasoir à main.

Les deux hommes s'éloignent en direction de la salle de bain. Mike trouve ce dont il a besoin. Pour rendre la démonstration plus réelle, il décide, sur un coup de tête, de couper sa barbe en collier. François s'en étonne.

— Puisque nous avons la police sur les talons, autant modifier quelque peu notre apparence, justifie Mike. Il vaudrait peut-être mieux que vous fassiez de même. Pourquoi, par exemple, ne pas vous faire couper les cheveux ?

François lui lance un regard horrifié.

— Je ne suggère pas de le faire moi-même. Nous pourrions aller ensemble chez un barbier, dit-il, en déposant dans la main du comte le rasoir qui ronronne doucement.

Une fois de plus, François se surprend de l'extrême netteté de sa réflexion dans le miroir. Ses cheveux nappent ses épaules depuis qu'il a réussi à se débarrasser de l'élastique qui s'y était agrippé douloureusement. Il tente de se rappeler si, dans la foule d'hier, les hommes à longue chevelure dominaient. Il doit s'avouer que non. Le port de la perruque semble aussi avoir disparu. Il devra peut-être se résigner à une coupe. Approchant le rasoir de sa joue, il parvient tant bien que mal à imiter Mike. Le résultat final n'équivaut pas à celui d'une lame, mais il estime que, sans son valet, la tâche se serait révélée sanglante.

Il reçoit ensuite une leçon rapide d'utilisation des commodités de la salle de bain. Mike l'invite à se doucher pendant qu'il fouille dans l'armoire de Leo pour lui trouver des vêtements de rechange. Une demi-heure plus tard, François sort dans un nuage de vapeur, sous l'œil moqueur de Mike. De toute évidence, il a beaucoup apprécié ce machin moderne.

* *

*

Le reste de l'avant-midi et une bonne partie de l'après-midi sont consacrés à instruire François sur l'emploi des objets courants : les interrupteurs, le système de son, le téléphone, le réfrigérateur, le micro-ondes, etc. François se montre un élève attentif surtout après que Mike lui souligne l'importance de prouver à la direction du centre qu'il peut très bien s'adapter à la vie du 21e siècle. Bien qu'il affiche un certain intérêt pour ces nouveautés, il ne parvient pas à démontrer beaucoup d'enthousiasme. Après une longue promenade sur la plage, pendant laquelle François n'a participé que rarement à la conversation, les trois autres s'affairent à préparer un souper de pâtes. Ils trouvent même quelques chandelles, permettant à Mike de remplir sa promesse d'un repas italien romantique avec Shannon, malgré une journée de retard et deux convives en trop. Mike ironise qu'il aime bien les chandelles, à condition que l'interrupteur électrique se trouve à proximité, lorsque François repousse son assiette, s'excuse et les quitte en direction de la mer.

– Qu'est-ce qu'il lui prend ? s'écrie Mike.

– Je crois qu'il a besoin d'être seul, répond Sophie. Laissons-lui quelques instants.

– Justement, je voulais vous demander si vous le trouvez perturbé par ce qui lui arrive. Croyez-vous qu'il tiendra le coup, psychologiquement ? Le choc m'apparaît brutal, pour lui.

– Il m'inquiète. Il se replie sur lui-même. Ses yeux ont perdu leur vitalité. Je ne l'ai pas encore vu sourire vraiment, ou rire. Je ne veux pas tirer de conclusions hâtives. J'ai besoin d'une bonne conversation avec lui. Nous n'en avons pas eu l'occasion jusqu'à présent. Permettez-moi d'aller le rejoindre.

* *
*

Sophie aperçoit la silhouette de François qui s'éloigne. Elle fait une vingtaine de pas dans sa direction, puis s'accroupit dans le sable qu'elle laisse filer entre ses doigts. Une bonne heure s'écoule. François réapparaît, le pantalon roulé jusqu'aux genoux, les mains dans les poches et les pieds dans quelques centimètres de mer mourante. Avec un glorieux crépuscule en arrière-plan, il semble venir directement d'une publicité. Sans dire un mot, il s'assoit derrière Sophie et enlace ses épaules. Pendant quelques minutes, Sophie tergiverse sur la manière d'aborder le sujet qui la préoccupe, ou n'importe quel sujet. François prend l'initiative :

— Je suis désolé. J'ai manqué aux règles élémentaires de bienséance, ma mie. Je n'en pouvais plus. J'avais envie de hurler, de fuir très loin. J'en ai honte. Oh Sophie, suis-je en train de perdre la tête ?

— Absolument pas ! Ne va jamais te faire de telles idées. J'ai dit à nos amis que tu avais besoin d'être seul, ce qui est parfaitement compréhensible. N'importe qui à ta place, à n'importe quelle époque, serait devenu fou. Je ne peux qu'admirer le sang-froid et l'assurance avec lesquels tu as supporté les événements des deux derniers jours.

— Si tu savais... Je me sens comme cette boîte métallique emportée par le courant.

Du menton, il désigne une canette de Sprite qui, avec d'autres détritus, défigure la plage. Il poursuit :

— Je suis un arbre déraciné, soulevé par la tornade. Je ne sais où tout cela me mène. On m'a privé du sol qui me faisait vivre. Mes racines ne me servent plus à rien.

— Je te vois plutôt comme un jeune arbre transplanté. Je sais comme il peut être difficile de te faire de nouvelles racines, mais avec un peu de temps, tu vas y arriver. Et je suis là pour t'aider. Nous y arriverons ensemble. J'étais dans la même situation, il y a moins de deux ans ; avec l'aide de merveilleux amis, je suis parvenue à m'adapter à ma nouvelle réalité, à m'y faire une niche.

— Sophie, pourquoi voudrais-tu encore de moi ? Je n'ai plus rien, je ne suis plus rien.

— Un instant ! Je te l'ai déjà dit et te le redis, je n'ai épousé ni ton titre, ni ta fortune. Pour moi, tu n'es pas le comte de Besanceau, mais François, l'homme que j'aime, l'homme avec qui j'ai décidé de passer ma vie, peu importe à quel siècle.

— Mais qui suis-je sans mon rang ? Comment vais-je pourvoir à tes besoins et à ceux de notre enfant ? Certainement pas en sachant diriger un grand voilier !

— Je suis certaine que, grâce à ton intelligence, tu vas pouvoir suivre des cours et choisir une profession moderne. Tu peux maintenant envisager ce dont tu as toujours rêvé, mais que ta classe sociale t'empêchait de faire.

— Ciel, tu vois notre avenir avec beaucoup d'optimisme, malgré l'éventualité qu'on t'oblige à m'oublier.

— J'en prends le risque. D'ailleurs, je ne peux croire que ce soit là ce qui nous attend. Pas aux États-Unis, un pays de tradition si démocratique. Pas si tu parviens à convaincre les Américains que tu t'adapteras à ce siècle, sans menacer la confidentialité de leur projet.

— Sophie, je ne sais pas à quel point je peux m'adapter à ce monde. Je m'y sens tellement étranger. Tout y est tellement différent. Seuls le ciel et l'eau me semblent familiers.

— Je suppose que tu serais déjà moins dépaysé, si nous pouvions retourner en France. Tu pourrais y reconnaître des lieux et des édifices. Et puis, tu entendrais parler français autour de toi.

— Oui, je l'imagine aussi, mais nous sommes si loin de la France !

— Hum, pas si loin que ça. Nous pourrions y être en moins d'une journée.

— Ah, en avion, ce petit point bruyant que nous avons vu dans le ciel aujourd'hui. Et comment fait-on pour prendre l'avion ?

— Il faudrait une certaine somme d'argent et des passeports, afin de sortir du pays.

— Des passeports ? Leo n'a-t-il pas dit que s'en procurer serait ardu ?

— Oui, mais pas impossible. Je ne sais pas ce qu'il avait en tête. L'important, c'est que nous soyons encore ensemble. Je tremble à l'idée que j'aurais pu revenir sans toi.

Cette pensée les laisse silencieux tous les deux et doublement enlacés. Après un quart d'heure à contempler l'agonie des vagues sur la plage, Sophie se met à frissonner malgré la chaleur émanant du corps de François.

— Te crois-tu prêt à affronter de nouveau la civilisation ? demande-t-elle.

– Je suppose que oui. Nous ne pouvons demeurer le reste de notre vie sur cette plage.

* *
*

Ils se dirigent vers les escaliers qui mènent à la maison de villégiature. Lorsqu'ils arrivent dans la salle à manger, ils trouvent Shannon et Mike en train de siroter un bon vin, la taille des chandelles et le liquide dans la bouteille ayant singulièrement diminué.

– Oh, vous revoilà ! Excusez-nous de ne pas vous avoir attendus pour la suite du repas, dit Mike à leur entrée dans la pièce.

– Non, c'est moi qui dois me confondre en excuses, intervient François. J'ai fait preuve d'une grossièreté inadmissible.

– C'est faux, le rassure Shannon. Votre conduite est tout à fait pardonnable. Voulez-vous que je réchauffe votre repas ? J'en ai pour deux minutes.

Littéralement deux minutes plus tard, elle revient avec un plat fumant.

Au regard étonné de François, elle croit devoir expliquer :

– La magie des fours micro-ondes !

– Peu importe. Merci beaucoup, fait-il.

– Pendant votre promenade, nous avons reçu des nouvelles de Leo, commence Mike.

— Eh bien ? A-t-il réussi à convoquer le comité ? le presse Sophie.

Mike hésite à répondre.

CHAPITRE 10

La mission de Leo

Leo essaie de se calmer après avoir dû hausser le ton devant le garde de sécurité qui voulait lui interdire l'accès au centre. Après avoir insisté qu'à titre de membre du comité de direction, il n'avait pas besoin de rendez-vous, Leo a réussi à passer. Il inspire lentement pour se préparer à jouer la comédie. Les portes de l'ascenseur s'ouvrent sur le docteur Mansfield, que le garde a dû prévenir. Leo s'arme de son sourire le plus affable en s'avançant vers lui.

— Docteur Mansfield, quel plaisir de vous revoir ! Comment allez-vous ?

— Bien. Bien. À quoi devons-nous cette visite ?

— J'ai un rendez-vous de longue date avec le docteur Simpson. Il voulait mon avis sur un problème d'automatisation.

— J'ai bien peur que le docteur Simpson ne soit absent, il vous faudra revenir.

– Il ne devrait pas tarder. Il doit être coincé dans la circulation. Je vais l'attendre dans…

– J'ai eu l'impression distincte, hier, que le docteur Simpson ne comptait pas venir aujourd'hui. Il avait d'autres plans pour la journée.

« Ah, je vois, tu ne comptes rien me dire, salaud », conclut Leo, pour lui-même.

– Vous devez vous tromper, car Mike m'a envoyé un courriel il y a trois jours, pour me rappeler notre rendez-vous.

– Ah, il ne m'avait pas annoncé votre visite.

– Devait-il demander votre autorisation pour que je vienne le voir ?

– Bien sûr que non. Puis-je vous offrir un café dans mon bureau, en l'attendant ? Bien en vain, je vous l'assure.

– Non merci, je ne veux pas vous déranger. Vous devez être très occupé. Je vais faire un petit tour des laboratoires, voir ce qu'il y a de neuf !

– Laissez-moi vous montrer nos dernières réalisations. D'abord, vous voudrez voir le nouveau capteur, la pièce brisée qui nous a donné tant de mal.

« Toi, tu vas maintenant me coller aux talons », rumine Leo tout en consentant à le suivre de bonne grâce, du moins en apparence.

À l'intersection d'un couloir, Leo annonce sans préambule qu'il veut faire une visite rapide de la salle de contrôle, toute proche. Il s'y dirige d'un pas décidé, empêchant sa sangsue de lui proposer une alternative. La salle de contrôle est pratiquement déserte. Un coup d'œil rapide à l'affichage ne révèle pas de changement spectaculaire depuis sa visite précédente. Mêmes cercles multicolores. Mêmes traits verts à angle droit. L'énergie totale semble stable.

— Comme vous pouvez le voir, rien d'excitant ne se passe ici, confirme le docteur Mansfield. Pouvons-nous maintenant passer aux laboratoires ?

Heureusement pour Leo et malheureusement pour le docteur Mansfield, Rajiv fait son entrée dans la salle de contrôle. Une double exclamation de joie se fait entendre. Après les salutations d'usage, Rajiv veut tout de suite en venir aux événements de la veille :

— Quand as-tu su...

— Je suis en train de mettre M. Sparski au courant des plus récents événements, s'empresse de déclarer le docteur Mansfield. Inutile de tout répéter. Vous devez comprendre que tout le monde est très occupé. Venez.

— Bien, concède Rajiv. Leo, quand tu auras un moment, puis-je...

— Docteur Sandhu. À plus tard, nous sommes pressés.

— Un instant, j'ai une question, s'interpose Leo.

Il se réjouit de l'anxiété mal dissimulée qui apparaît sur le visage du docteur Mansfield.

— Où est passé le petit point vert clignotant qui indique la position de Mlle Dumouchel ? demande-t-il innocemment.

Il note la contraction des mâchoires du docteur Mansfield, mais doit aussitôt jouer l'étonnement lorsque Rajiv annonce :

— Tu ne sais donc pas ! Nous l'avons ramenée hier.

— Vraiment ? Tu ne me fais pas marcher ? Quelle bonne nouvelle ! Où est-elle ? Pourquoi n'ai-je pas été averti de cet extraordinaire résultat ?

— Je ne sais pas, moi. J'ai cru que c'était pour cela que je te trouvais ici ce matin.

De concert, les deux hommes font face au directeur des opérations.

— Docteur Mansfield, articule Leo en insistant sur chaque syllabe, pourquoi ne m'avez-vous pas annoncé cette nouvelle dès ma sortie de l'ascenseur ? Vous n'aviez aucunement l'intention de m'en faire part, n'est-ce-pas ?

— Quelle idée ridicule ! Bien sûr que je vous l'aurais dit, tôt ou tard. J'attendais d'avoir une meilleure idée de la situation avant d'y associer le comité de direction. Il est inutile d'embêter des généraux du Pentagone avec nos problèmes internes. Ils ont d'autres chats à fouetter, avec les terroristes et les troubles en Afghanistan.

— Des problèmes internes ? De quoi voulez-vous parler ? Que s'est-il passé hier ? Qu'avez-vous fait de Mlle Dumouchel ?

— Elle a été kidnappée par le traître, le docteur Simpson, avec la complicité de la non moins perfide docteure Summers.

Leo n'a aucun problème à feindre l'incrédulité en entendant une telle absurdité. Du coin de l'œil, il voit Rajiv lever les yeux au ciel.

— Vous blaguez ! s'exclame-t-il.

— Je ne plaisante pas. Le docteur Simpson s'est montré sous son vrai jour. Il n'a pas hésité à user de violence pour arriver à ses fins. Dans leur fuite, lui et sa maîtresse ont emporté du matériel ultra-confidentiel. La CIA surveille toutes les ambassades. Ils seront interceptés dès qu'ils s'en approcheront. Leurs photos ont été distribuées à tous les policiers de la région de San Francisco. Dans quelques jours, cette surveillance s'étendra à la Californie, puis au pays en entier. Ils ne pourront pas nous échapper.

— Comment savez-vous qu'ils emportent des documents secrets ?

— Un spécimen a disparu.

— Un mâle aux cheveux blonds, yeux verts, près de six pieds, et qui parle français, ajoute Rajiv, exaspéré par les demi-vérités de son supérieur.

Après cette brèche, Rajiv ne peut empêcher de laisser couler un torrent d'explications sur les événements de la veille. Il n'apprend rien à Leo, dont les expressions de surprise et les mimiques s'avèrent dignes d'un Oscar. Il ne joue plus la comédie lorsque la colère le gagne. Le docteur Mansfield continue d'affirmer que tout est sous contrôle et qu'il serait prématuré d'avertir les membres du comité.

— J'ai le plein appui du général Durham, ajoute le docteur Mansfield. Lui non plus ne voit pas la nécessité de convoquer le reste du comité.

« Car lui aussi est un maniaque de la confidentialité. Il brûle d'envie d'utiliser certains résultats de Philo à des fins militaires. Maintenant qu'on a prouvé que l'échangeur peut transporter des humains, il va exiger la responsabilité entière de ce projet », se dit Leo.

— Je maintiens que le comité doit se réunir d'urgence. La découverte soulève des questions d'éthique, nous devons en discuter, affirme-t-il à haute voix.

— On ne discute pas philosophie lorsqu'une crise de sécurité nationale se présente.

— C'est justement parce que vous avez violé les droits de la personne, ce que vous appelez de la philosophie, que nous nous retrouvons dans une telle situation. Vos méthodes extrêmes ont amené nos collègues à s'enfuir. Le comité doit être mis au courant de vos abus. Je vais m'atteler tout de suite à cette tâche.

— Je n'ai enfreint aucune règle ! En fait, je les applique à la lettre. Je n'ai pas de temps à perdre dans d'interminables réunions. Nous devons agir, et non discourir. Vous verrez qu'il n'est pas facile de joindre les autres membres.

Ne comptez pas sur mon aide, j'ai déjà perdu assez de temps.

Sur ces mots, le docteur Mansfield quitte la salle de contrôle laissant les deux hommes nager dans leur colère.

* *

*

— Leo recommande que nous quittions le pays, enchaîne Mike en essuyant, du revers de la main, la sueur qui perle à son front. D'après lui, les agents de la CIA vont pouvoir agir impunément, si nous restons en sol américain. À l'étranger, ils ne pourront pas obtenir le même niveau de collaboration. Utiliser sa villa sur la Côte d'Azur ne lui semble pas une si mauvaise idée, après tout.

La physionomie de François s'éclaire.

— Retourner en France ? interroge-t-il.

— Il vous faudrait prendre l'avion, c'est-à-dire voler. Vous croyez pouvoir le faire ? souligne Shannon.

— Le moyen le plus rapide d'aller en France sera le meilleur. N'ai-je pas voyagé à travers deux siècles ?

— Mais comment peut-on sortir de ce pays ? remarque Sophie. Tous les aéroports doivent être surveillés. Nous n'avons même pas de passeports.

— Leo connaît des spécialistes capables d'expédier la paperasse nécessaire. Il possède plusieurs usines dans des pays où la corruption est généralisée et où, pour affaires, il a dû apprendre à contourner les services officiels autant qu'officieux. Il a seulement besoin de nos photos. Demain, nous irons tous acheter des vêtements et modifier notre apparence. Moi, j'ai déjà commencé, ajoute Mike en se frottant le menton.

Shannon lui sourit pour confirmer qu'elle approuve sa métamorphose.

Mike ajoute qu'ils achèteront aussi une bonne caméra et transmettront leurs photos par courriel. Aussitôt que possible, Leo leur enverra, par courrier express, tous les documents, cartes de crédit et billets d'avion nécessaires. Ils utiliseront un vol commercial à partir d'un aéroport à l'extérieur de la Californie, Leo ayant abandonné l'idée d'utiliser son jet personnel. Le docteur Mansfield est tellement convaincu que Mike est un traître, ligué avec une puissance étrangère ou un consortium, que les aéroports privés vont être tout particulièrement surveillés.

— Diable! Ne trouvez-vous pas qu'il fait plutôt chaud ici? observe Mike.

— Oui, je commençais à penser exactement la même chose, acquiesce Shannon. Pourtant il ne devrait pas faire aussi chaud le 3 mai, en soirée, au bord de la mer. Le thermostat est peut-être mal ajusté.

Elle se lève pour examiner le boîtier et s'exclame :

— Ah, voilà le problème. Le thermostat est réglé au maximum. Pourquoi Leo le laisserait-il à cette position ?

— Il se peut que j'aie touché cet interrupteur plus tôt aujourd'hui, avoue François. Je voulais illuminer la pièce.

Sophie met discrètement la main devant sa bouche. Shannon détourne la tête vers le malicieux interrupteur. Mike réprime difficilement le fou rire qui le gagne. Il ne veut pas humilier François en se moquant de son ignorance. Ses efforts pour cacher son hilarité lui font prendre l'aspect de quelqu'un qui lutte avec un problème de flatulence.

— C'est une erreur tout à fait compréhensible, parvient-il à articuler. Les deux dispositifs sont tous les deux près d'une porte. Ils sont tous les deux blancs. Ils ont tous les deux une barre ou un bouton au centre d'une plaque. Ils… ils… J'aurais très bien pu faire la même erreur.

— Non, vous n'auriez pas fait la même erreur, le corrige François en souriant. Je vous remercie d'essayer d'épargner mon orgueil, mais si vous ne laissez pas échapper ce rire que vous retenez, vous risquez l'apoplexie.

Le rire triomphe de toutes parts.

CHAPITRE 11

Le retour au pays

Le lendemain, ils partent en direction de la ville la plus proche et se séparent, les femmes d'un côté, les hommes de l'autre, à la recherche de vêtements. Ils se donnent trois heures pour achever leur transformation. Sophie profite de l'occasion pour acheter quelques robes et des pantalons de maternité. Avec plus d'une demi-heure de retard, fières de leurs achats et de leur nouvelle coiffure, elle et Shannon s'arrêtent net devant l'homme qui se tient à côté de Mike. Éblouissant, François a maintenant les cheveux coupés de façon impeccable. Il porte une chemise polo qui fait ressortir la largeur de ses épaules. Le pantalon semble fait sur mesure et le choix des chaussures donne à l'ensemble une allure très classe. Shannon est la première à retrouver la voix.

— Wow, François vous êtes superbe. Vous allez faire tourner toutes les têtes alors même que nous devons passer inaperçus.

— Je n'ai fait que suivre les suggestions de Mike. Et toi, qu'en penses-tu, Sophie ?

— Si tu avais eu cette apparence la première fois que je t'ai vu au bal, je n'aurais pas demandé à Élyse pourquoi on te surnommait le beau comte.

— Trêve de balivernes. Nous devons rentrer au plus vite prendre des photos pour les passeports, intervient Mike.

* *

*

Quatre jours à peine après son parachutage au 21e siècle, François se trouve devant une large fenêtre qui surplombe la piste d'atterrissage de Reno. Dans quelques minutes, leur vol à destination de New York sera prêt pour l'embarquement. Bientôt, il montera à bord d'une de ces machines énormes qui, dans un bruit d'enfer, vont rejoindre les nuages. Il a été décidé qu'ils voyageraient en couples. Mike et Shannon ne s'envoleront que dans deux heures. À New York, ils prendront tous le même avion vers Paris.

Le comte de Besanceau doit contrôler sa nervosité, bien qu'on l'ait assommé de toutes les statistiques de sécurité sur les vols intercontinentaux. En entendant l'appel du vol 242 à destination de New York, Sophie lui fait signe de venir la rejoindre. Ils font la queue pour finalement aboutir à deux places réservées, au centre de l'appareil. Sophie aurait souhaité que son mari puisse s'asseoir près d'un hublot, mais cela n'a pas été possible. Ayant soigneusement et discrètement examiné comment Sophie attache sa ceinture, François fait de même. Sophie lui tend le livre qu'il a choisi à la librairie de l'aéroport : un abrégé d'histoire contemporaine. Elle a opté pour un best-seller. Sur ces entrefaites, une petite dame voûtée et qui transporte avec elle plus de quatre-vingts ans d'histoire, s'installe dans le siège à la droite de François. Elle remercie l'agente de bord qui hisse son bagage dans le compartiment au-dessus de sa tête. Après quelques minutes, la vieille dame rappelle la préposée pour lui demander poliment si elle peut avoir son sac à ses pieds et si on peut l'aider à attacher sa ceinture de sécurité. Elle en profite pour s'excuser avec effusion :

— Je suis désolée de vous déranger ainsi, mais je suis un peu nerveuse. Vous voyez, c'est mon premier vol. Ma petite-fille a insisté pour que je prenne l'avion. J'aurais préféré le train, mais Jessica m'a dit : « Voyons Nana, quatre jours en train, cela va bien trop vous fatiguer. Il faut prendre l'avion. Vous verrez, y a rien là », qu'elle a dit.

— Et votre petite-fille a parfaitement raison. Nos lignes aériennes sont très sûres.

— Ouais, ouais, mais en janvier, il y a eu cet accident en Iran. Des dizaines de morts.

— Ce n'était pas un de nos avions. Je vous...

Et François a droit à une nouvelle séance de statistiques aériennes. L'agente termine en indiquant à la voyageuse sur quel bouton peser au besoin, puis s'éloigne. La dame soupire et offre à François un de ces petits sourires nerveux. François lui rend son salut d'une manière qu'il veut rassurante, replonge dans son livre, mais demeure attentif au manège de la dame. Elle feuillette le magazine de bord et sort tout ce qu'elle peut trouver de la pochette devant elle. L'air préoccupé, elle presse le bouton d'appel. L'agente revient, affichant un sourire standard.

— Je peux vous aider ?

— Oui, je m'excuse une fois de plus de vous déranger, mais ne suis-je pas supposée avoir un petit sac, en cas de mal de l'air ? Enfin, vous comprenez ?

— Veuillez regarder dans la pochette devant vous.

— J'ai cherché, mais je ne l'ai pas trouvé.

L'employée plonge sa main tout au fond de la pochette et en ressort un sac tout fripé.

— Oh, je vous demande pardon. Je n'ai pas dû mettre la main assez loin.

— Ce n'est rien.

— Pouvez-vous me dire quand nous allons partir ?

— Nous en sommes aux tout derniers préparatifs. Tenez ! Nous quittons la porte d'embarquement.

L'avion s'ébranle et la légère secousse surprend la dame qui saisit l'avant-bras de François au lieu de l'accoudoir. Aussitôt, elle retire sa main et se confond en excuses :

— Je suis désolée. Je ne fais que des bêtises aujourd'hui. Je ne voulais pas vous importuner.

— Vous ne m'importunez nullement, répond François, galamment.

— Vous êtes bien aimable. Ah, si je n'étais pas si nerveuse !

— Écoutez ! Si cela peut vous rassurer, nous pouvons nous tenir la main pendant le décollage.

— Je vous en serais reconnaissante. Avec un beau jeune homme comme vous, je ne risque pas d'avoir peur.

Elle ajoute, à l'intention de Sophie :

— Vous savez, je vous le rendrai après le décollage.

Pour toute réponse, Sophie éclate de rire. La dame âgée met sa main dans celle de François et se redresse sur son siège. L'agente de bord remue les lèvres en un silencieux merci à l'intention de François.

Pendant ce temps, l'avion a pris position au bout de la piste. Le ronflement des moteurs s'amplifie, l'appareil prend de la vitesse et bientôt de l'altitude. François s'étonne de la rapidité avec laquelle le sol s'éloigne. Les doigts de sa main droite sont pris dans un étau, mais devoir calmer sa voisine lui a fait oublier sa propre peur. Bientôt, les signaux lumineux indiquant de boucler les ceintures s'éteignent et Sophie lui souffle à l'oreille que le décollage est maintenant terminé.

François relaie cette information à la vieille dame qui consent à lui redonner l'usage de sa main. François sépare discrètement ses doigts les uns des autres.

— J'ai vraiment honte d'avoir eu aussi peur, fait-elle. J'aurai peut-être encore besoin de vous à l'atterrissage.

— Si cela peut vous rassurer, je serai heureux de vous offrir ma main à nouveau.

— Vous êtes bien aimable. Vous ne devez pas en être à votre premier vol, comme moi. Vous, les jeunes, ne pouvez concevoir la vie sans tous ces moyens de transport. Quand j'avais votre âge, aller en voiture était toute une aventure. Il n'y en avait pas beaucoup. On se promenait en carrioles, surtout. Vous pouvez imaginer cela ?

— Je crois que je le peux, répond François, amusé.

Sophie fait semblant de lire.

— Vous ne savez pas ce qu'est la vie sans télévision. Vous l'avez toujours eue à portée de la main.

Sophie ne peut réprimer un gloussement. François se couvre la bouche de la main. La vieille dame regarde Sophie d'un air étonné.

— Je viens juste de lire un passage très drôle, se croit-elle obligée d'expliquer.

— Ah, je vois, poursuit la dame. Où en étais-je ?

— Vous me disiez que je n'avais jamais vécu sans la télévision.

— Ah oui ! Savez-vous comment nous passions nos soirées dans ce temps-là ?

— À lire, à aller au théâtre, je suppose.

— On avait la radio, tout de même. Nous n'étions pas si arriérés.

Cette dernière phrase soulève un des sourcils de François, mais la dame continue sur sa lancée :

— Les gens se fréquentaient davantage. Ils se rendaient visite plus souvent. Et puis, nos corvées nous occupaient. J'ai vécu sur un ranch et je peux vous assurer que nous n'avions pas tout le temps libre dont les jeunes disposent de nos jours. C'est pourquoi on a tous ces problèmes de délinquance juvénile.

— Ah, vous croyez ?

— Bien sûr, mais je ne veux pas vous ennuyer avec mes récriminations. Vous allez à New York pour affaires, ou par plaisir ?

— Par plaisir, et vous ?

François ne tient pas à parler de lui-même.

— À mon âge, on ne s'occupe plus beaucoup d'affaires. Ma petite-fille se marie dans deux jours. C'est la dernière de mon plus jeune fils et la plus jeune de mes petits-enfants. Et telle que vous me voyez, j'ai déjà cinq arrière-petits-enfants. Je devrais vous laisser lire.

Le voyage se termine sans incident.

Après un souper au restaurant de l'aéroport
La Guarda, ils gagnent la salle d'attente pour
le vol en direction de Paris. Ils reconnaissent
Shannon et Mike dans un coin, mais ne leur
font aucun signe. Le vol transatlantique se
déroule bien. Sophie et François réussissent
même à dormir, ce dont Shannon et Mike ne
peuvent se vanter. François soupire d'aise en
entendant le capitaine s'adresser aux voya-
geurs en français. Toutefois, le modernisme de
l'aéroport Charles-de-Gaulle le désenchante.
Les deux couples se rendent séparément à leur
hôtel, où enfin ils pourront se rassembler. Tout
au long du trajet, François s'anime de plus en
plus, reconnaissant des monuments et s'étonnant des autres, y compris la Tour Eiffel. La
flamme de ses yeux commence à se rallumer.

À l'hôtel, Mike avoue subir les effets du
décalage horaire et suggère un rendez-vous
dans le hall d'entrée à cinq heures. Sept heures de liberté, ose espérer François qui vérifie
d'abord si Sophie a envie de dormir, ce qu'elle
décline. Ils s'aventurent bientôt sur les pavés
d'un Paris à redécouvrir.

Cédant à la nostalgie en dépit de toute raison, François propose d'aller voir si son hôtel
particulier a supporté l'épreuve du temps.
Sophie le met en garde. La maison ne lui appartient plus, il ne faut pas se faire remarquer

et après tout, l'édifice n'existe peut-être plus. Ils achètent une carte de la ville qui montre à la fois les méandres de Paris et le réseau du métro. Selon la carte, un enchevêtrement de rues sillonne l'espace occupé autrefois par le parc de l'hôtel. Sur le terrain, ils ont de la peine à se repérer. Des maisons plus que centenaires bloquent leur champ de vision, les empêchant de s'orienter. Après avoir tourné en rond pendant près d'une heure, Sophie s'apprête à consoler son mari lorsque François s'écrie :

— Le voici !

À travers le feuillage d'une haute haie, derrière une clôture en fer forgé rouillé, ils entrevoient une bâtisse délabrée. DÉMOLITION, DÉFENSE D'ENTRER, affiche un écriteau à même la barrière. Une remorque déjà pleine de débris leur obstrue la vue.

— Les lieux semblent déserts, commence François. Je me demande comment entrer.

— François ! C'est une propriété privée. Il est défendu d'y aller. Nous risquons d'être arrêtés.

— Nous ne nous ferons pas prendre. Il n'y a personne. Tu n'es pas obligée de me suivre.

— Ah non, si tu persistes à y aller, je te suis !

— Faisons le tour du périmètre. Peut-être trouverons-nous une brèche dans la clôture.

Effectivement, un peu plus loin, un barreau manque et ils se faufilent dans la cour arrière de l'édifice. Ils n'ont pas franchi la

moitié de la distance qui les sépare de la maison, lorsqu'ils entendent derrière eux :

— Eh, monsieur dame, vous ne savez pas
lire ?

Sophie et François s'arrêtent. Elle murmure un «je te l'avais bien dit» accusateur,
avant de faire face à un quinquagénaire replet
qu'elle suppose être le gardien.

— Pardon monsieur. Nous ne voulions
que...

Elle ne peut capter l'attention du préposé
qui, à la vue de François, a abandonné son
expression bourrue.

— Ah, c'est vous Monsieur Daigneault !
Pardon, je ne vous avais pas reconnu de dos.
Vous venez donc dire adieu à la demeure de
votre ancêtre avant que nous ne la rasions
complètement !

CHAPITRE 12

La maison du comte

Ainsi apostrophé, François ne réagit pas, ce qui permet au préposé de continuer :

— Et vous avez amené votre petite dame, cette fois.

— Pardon monsieur, se surprend François, comment m'avez-vous appelé ?

— Monsieur Daigneault, bien sûr ! Lorsque vous êtes venu il y a trois mois, pour voir ce qui restait de la maison du comte de Besanceau, nous avons eu une longue discussion, à savoir si la parenté de votre aïeul était liée à celle de ma bru qui, elle aussi, s'appelle Daigneault. Je m'en souviens bien. J'ai une bonne mémoire des visages. Vous ne vous rappelez donc pas ?

— Mais c'est impossible ! Je n'ai pas pu venir il y a trois mois parce que... parce que je n'étais pas à Paris à cette époque ; et puis je ne m'appelle pas Daigneault.

– Si vous n'êtes pas M. Daigneault, vous êtes son frère jumeau!

– Ou un sosie, intervient Sophie. Ce serait vraiment extraordinaire! Ce M. Daigneault descendrait bien du comte de Besanceau.

– Oui, c'est ce qu'il m'a dit. Une minute, si vous n'êtes pas M. Daigneault, qui êtes-vous et que venez-vous faire ici? interroge le petit homme, l'air soupçonneux à nouveau.

– Mais la même chose que M. Daigneault, il me semble, tente François. J'ai des raisons de me croire apparenté au comte. De vieilles lettres trouvées dans le grenier de ma grand-mère donnent à penser que l'hôtel du comte s'élevait ici. La curiosité nous a poussés, mon épouse et moi, à franchir la grille. Nous ne voulions qu'y jeter un coup d'œil, rien de plus. Pardon, j'aurais dû nous présenter : je me nomme François Emerson, voici mon épouse Sophie.

François tend la main en un geste qu'il veut assuré, malgré son peu d'habitude des civilités du 21e siècle. Il utilise le faux nom inscrit sur son passeport. Le gardien, tout à fait confiant maintenant, se présente lui aussi :

– Marc Saint-Armand, pour vous servir. Mais pour une coïncidence, c'est une coïncidence! Votre origine commune expliquerait la ressemblance vraiment extraordinaire.

– Vous m'intriguez. Je brûle d'envie de rencontrer ce M. Daigneault.

— Ma foi, je crois qu'il m'a laissé sa carte de visite. Il est dans l'immobilier, si je me souviens bien. Donnez-moi quelques minutes, je devrais être capable de la retrouver.

— Je vous en serais infiniment reconnaissant.

— Mais auparavant, aimeriez-vous faire un tour de la maison ?

— Nous ne voudrions pas vous déranger...

— Ce serait un plaisir ! Si vous voulez bien m'attendre, je reviens avec une torche électrique.

M. Saint-Armand trottine allègrement vers la rue qu'il traverse pour disparaître à l'intérieur d'un immeuble. François devient volubile :

— Tu te rends compte ? Un de mes descendants, et qui me ressemble en plus ! Par lui, nous pourrons peut-être apprendre quelle aurait été ma vie sans toi. Il aura donc fallu que je me marie avec quelqu'un d'autre. Cela me semble absurde.

— Rien ne sert de s'interroger en vain. Si cet homme retrouve les coordonnées de M. Daigneault, nous poserons ces questions-là à un descendant potentiel. Sans cette carte, nous aurons de la peine à le retrouver. Daigneault est peut-être un nom courant.

Le gardien revient déjà avec deux lampes de poche et une carte professionnelle qu'il tend à François.

— Vous pouvez la garder. J'ai déjà noté tous les renseignements ailleurs. Je lui avais promis que si nous découvrions quelque chose à propos de son ancêtre, durant la démolition, je communiquerais avec lui. Dommage qu'il n'y ait pas de photo, vous auriez pu voir à quel point vous lui ressemblez.

François parcourt la carte et y lit un titre qui comprend le mot immobilier, plusieurs numéros, une adresse et le nom Pierre Daigneault.

— Merci beaucoup, dit François.

— Si vous voulez bien me suivre, les invite Saint-Armand.

Ils lui emboîtent le pas, à travers les décombres et les toiles d'araignée d'une maison à ses derniers soupirs. Les installations modernes d'électricité et de plomberie déparent le caractère vieillot de l'hôtel. Ils ont l'impression de découvrir une vieille dame, méconnaissable sous un maquillage épais et des fanfreluches inutiles. Le salon, où ils se sont réfugiés si souvent devant un âtre chaleureux, exhibe une grue comme tout ornement. Une telle visite ne peut que laisser un goût amer et inspirer une réflexion sur la finalité de toutes choses. Sophie se déclare soulagée de revenir au jardin, ou plutôt à ce qui en reste.

— Comme M. Daigneault, je suppose, vous voudrez voir le caveau où reposent les derniers comtes de Besanceau.

Sophie va s'écrier *non,* mais François la devance :

— Mais oui, bien sûr !

— C'est à l'arrière.

Ils atteignent l'entrée du mausolée et suivent M. Saint-Armand, lampe en main. Celui-ci n'est pas avare de commentaires ; il prend plaisir à son rôle de guide. François se retient de corriger le roturier lorsque, montrant la tombe d'un grand-oncle, il la confond avec celle de son père. À côté, se trouve celle de sa mère. Non sans un peu de balayage, ils parviennent à déchiffrer l'année de sa mort : 1781.

— Voici finalement la tombe de François Philippe Emmanuel Maillard, comte de Besanceau, le dernier du nom, annonce le petit homme.

Sophie sent un frisson lui monter le long du dos et refuse d'avancer davantage. François, apparemment calme, s'approche de la pierre ornée d'une épitaphe.

Y apparaissent son nom, sa date de naissance, illisible pour tout autre que lui, et l'année de son décès : 1780.

— Mort à trente-trois ans, se surprend-il à dire tout haut.

— Ouais, il est mort bien jeune ce petit comte-là, commente leur guide. Mais vous savez, dans ce temps-là on mourait plus tôt.

— Oui, je sais, mais tout de même, trente-trois ans, c'est le début de l'âge mûr ! Je me demande de quoi il est mort ?

— Ah, je l'ignore, mais je crois que M. Daigneault le sait. Il m'a paru au fait de toute sa biographie.

— Est-ce qu'on peut ressortir maintenant ? interrompt Sophie. Moi les tombeaux, ça me donne la chair de poule.

— Monsieur Saint-Armand, pourriez-vous raccompagner mon épouse ? J'aimerais rester quelques instants.

— Bien sûr, bien sûr. Venez, ma petite dame.

— Je vous rejoins bientôt.

Demeuré seul, François éclaire la pierre tombale. D'accroupi qu'il était pour bien lire l'inscription, il se lève lentement. Il éprouve une certaine volupté à sentir ses muscles lui obéir, il respire longuement l'air fétide du caveau et perçoit les battements vigoureux de son cœur dans sa poitrine. Il est bien vivant, lui, et déterminé à le rester.

— Je te survivrai, ô toi qui reposes sous mes pieds. Un jour, je fêterai mon trente-quatrième anniversaire ! Je te le jure.

François prend la direction de la sortie après avoir prié sur la tombe de ses parents. Le ciel lui semble plus bleu, le soleil plus resplendissant, l'air plus embaumant. Sophie se montre soulagée de le voir revenir parmi les vivants.

— M. Saint-Armand, je ne sais comment vous remercier. Nous ne vous importunerons pas davantage, salue François en se dirigeant vers le portail grillagé.

— Allez-vous contacter M. Daigneault ? Je pourrais lui demander de vous rappeler. Si vous me laissiez votre numéro...

— Non, j'entrerai moi-même en rapport avec lui. Merci encore de nous avoir consacré tout ce temps.

François entraîne Sophie hors de la propriété.

*   *

*

— Je devine bien ce que tu veux faire, l'avertit sa femme, dès qu'ils sont hors de portée auditive de M. Saint-Armand. J'admets ma curiosité pour ce descendant, mais je meurs de faim. Allons en discuter dans un café, peut-être même un café Internet. Allons voir s'il existe des photos de lui en ligne. Avant de lui téléphoner, il faut nous mettre d'accord sur quoi lui raconter.

— J'aimerais mieux que le premier contact se fasse en personne. Je me sens mal à l'aise à l'idée de m'entretenir avec une voix en provenance de nulle part. Tu sais, moi, le téléphone... Pourquoi ne pas nous rendre à l'adresse indiquée sur la carte ?

— J'imagine que cette adresse est celle de la firme qui l'emploie. Pas celle de son domicile. S'il est vraiment dans l'immobilier, il risque de ne pas passer beaucoup de temps au bureau. Il doit souvent accompagner des clients qui visitent des maisons. Cherchons d'abord un café.

Deux heures plus tard, ils ont assouvi leur faim et consulté Internet. Aucune photo n'orne le site de l'agence où Pierre Daigneault travaille. Une autre recherche leur procure une adresse de domicile. La chance leur sourit. Un seul P. Daigneault est répertorié. La téléphoniste de l'agence informe Sophie que M. Daigneault n'est pas à son bureau et suggère d'essayer son mobile. Ne pouvant laisser un message tant qu'ils ne possèdent pas de portables, ils décident de se rendre à son domicile, à l'autre bout de la ville. En fin d'après-midi, l'index de François appuie sur un bouton de sonnette étiqueté Pierre Daigneault.

– Tu sais, à cette heure-ci, la plupart des gens sont encore au travail, explique Sophie. Il nous faudra revenir en soirée ou peut-être retéléphoner.

– Tu as raison. Je vais juste essayer une autre fois.

Au moment où il sonne de nouveau, la porte de l'immeuble résidentiel s'ouvre sur une jeune femme qui s'exclame :

– Ne me dis pas, Pierrot, que tu as encore oublié tes clés !

Sophie et François échangent discrètement un coup de coude avant de saluer l'inconnue.

— Pardon Mademoiselle, vous vous trompez. Je ne me nomme pas Pierrot... je le cherche, justement.

— Qu'est ce que c'est que cette salade ? Tu te fous de ma gueule !

— Je ne me moque pas de vous. Je ne suis pas M. Daigneault, je vous assure. C'est la deuxième fois, aujourd'hui, que l'on me prend pour lui. Je brûle d'envie de le rencontrer.

— Heu ! C'est vrai qu'à bien vous regarder... Ma foi, vous avez les yeux verts ! Je suis à peu près sûre que Pierrot a les yeux bleus. Hormis cela, tu parles d'une ressemblance. Je n'en reviens pas. C'est Pierrot qui va en faire une tête !

— Précisément ! Je me demandais si vous pouviez nous renseigner. M. Daigneault ne répond pas. Est-ce que vous savez où je pourrais le trouver ?

— Il travaille à des heures plutôt irrégulières, je crois. Célia, sa femme, ne devrait pas tarder à rentrer. Attendez... il joue au tennis à cette heure-ci, au parc de l'Amirauté. C'est à deux rues.

— Bon. S'il n'y est pas, nous n'aurons qu'à revenir. Pouvez-vous nous indiquer la route à suivre, s'il vous plaît ?

Après s'être encouragés d'un délicieux baiser sur le perron de l'immeuble, François et Sophie suivent les instructions de la dame. La première, Sophie aperçoit de loin les terrains de tennis et repère le sportif :

— Le voilà. Il porte un short blanc et un chandail bleu pâle. C'est vrai qu'il te ressemble ! Qu'en dis-tu ?

— Ça me fait tout drôle, comme me regarder agir dans un miroir. N'est-ce pas au jeu de paume qu'ils s'exercent ?

— Le jeu de paume est l'ancêtre du tennis. Il joue très bien. Il doit être en train de gagner. Attendons sur ce banc. Nous l'accosterons après le match.

CHAPITRE 13

Découvertes et quiproquos

Tout à la joie d'avoir gagné, Pierrot essaie maintenant de convaincre Mathias des mérites de la pièce de Wadji Mouawad :

— Les critiques sont unanimes. C'est la pièce dont le Québécois Denis Villeneuve s'est inspiré pour faire un film l'an dernier. Il a failli gagner un oscar. Dominique a vu *Incendies* et... Dis, je te cause !

Le visage de son partenaire de tennis vient de revêtir une expression de total ahurissement. Pierrot a tôt fait de tomber dans le même état de stupéfaction. Avec quelques secondes d'avance, Mathias retrouve l'usage de la parole :

— Tu ne m'avais jamais dit que tu avais un frère jumeau !

— Mais je n'ai pas de frère jumeau. Du moins, c'est ce que je croyais !

François et Sophie arrivent à la hauteur des deux joueurs de tennis.

– Monsieur Daigneault, je présume, avance François en tendant une main que Pierrot saisit d'un geste machinal. Excusez-moi de vous accoster d'une façon aussi cavalière, mais il est venu à ma connaissance, aujourd'hui, que nous avons un ancêtre commun.

– Le dernier comte de Besanceau ! s'exclame Pierrot.

– Tout juste.

– Eh bien, ça alors !

– Pardonnez-moi de vous interrompre, mais je crois que Pierrot m'a oublié. Malgré ma curiosité, il faut que je parte. Je suis presque en retard à un rendez-vous. Veuillez donc m'excuser. À vendredi prochain, Pierrot !

Et Mathias s'en va d'un pas pressé. Les deux sosies prennent le temps de s'étudier en souriant, lorsque Sophie décide de signaler sa présence :

– Permettez-moi de me présenter, car François ne semble plus avoir conscience que j'existe. Sophie Emerson. Je suis son épouse.

Pierrot interrompt la contemplation de son double pour serrer la main de la jeune femme, puis s'étonne :

– Vous avez bien dit François ? C'est le prénom du dernier comte de Besanceau.

– Simple coïncidence, assure François. Puis-je vous inviter à une terrasse où nous pourrions faire plus ample connaissance ?

– Mais certainement. Il y a un Café de la Poste, à deux coins de rue. Je ne serais pas fâché de me rafraîchir après un tel match. Et moi qui me croyais unique ! L'ego en prend un coup ! Je n'arrive pas à m'en remettre.

— Je ne vous le fais pas dire !

Les deux hommes éclatent de rire avec, en leur for intérieur, un sentiment favorable pour leur sosie. La courte promenade leur permet de constater la réaction qu'ils suscitent chez les passants. Ils échangent peu de commentaires avant de se retrouver autour d'une petite table ronde surmontée d'un parasol.

— Comment donc êtes-vous arrivés jusqu'à moi ? commence Pierrot.

— Et bien voilà…

— Je vois double ! interrompt la serveuse, une petite blonde avenante qui s'approche.

— Ah ! Salut Julie, l'accueille Pierrot. Tu prends un verre pendant les heures de travail ?

— Si c'était le cas, j'en verrais quatre comme toi ! Ne viens pas me dire qu'il existe un autre Pierre Daigneault. Un seul nous suffisait amplement ! Comment cela est-il possible ?

— C'est ce que je vais savoir dans quelques instants, si tu te décides à prendre notre commande.

— Qu'est-ce que je vous sers ?

— Un grand verre de jus d'orange, répond Sophie.

— La même chose pour moi, choisit François.

– Ah, je vois que vous êtes de grands buveurs ! Ce sera un Pastis pour moi. Merci, Julie. Bon, vous alliez dire...

– Tout cela a commencé dans le grenier de ma grand-mère, lorsque j'ai découvert des papiers laissant croire que je descendais peut-être du comte François Philippe Emmanuel de Besanceau...

– Des papiers anciens, vous dites. J'aimerais beaucoup les voir.

– Je ne les ai pas avec moi. Ces documents contenaient l'adresse d'un hôtel particulier dans le Marais, à Paris. Par curiosité, aujourd'hui, nous sommes allés voir s'il existait encore.

Pierrot opine de la tête pour montrer qu'il commence à comprendre ce qui a dû se passer. François continue :

– Nous l'avons trouvé en bien piètre état, je dois dire. Le gardien nous a interceptés.

– M. Saint-Armand.

– C'est ça. Il m'a pris pour vous. J'ai eu du mal à le convaincre de son erreur. Je n'ai eu qu'un seul désir, celui de faire votre connaissance. Vous lui aviez laissé votre carte. Internet et une voisine obligeante ont fait le reste.

Julie revient avec les boissons et repart. Pierrot fixe son vis-à-vis, d'un air pensif.

– Le pire, c'est que vous lui ressemblez encore plus que moi.

– Pardon, mais de qui voulez-vous parler ?

— Du dernier comte de Besanceau, vous avez les mêmes yeux verts !

— Comment le savez-vous ?

— À mon tour, maintenant, de raconter ma petite histoire. Vous savez, je ne m'étais jamais intéressé à la généalogie. Je ne suis pas de ceux qui se vantent de leurs liens avec la vieille aristocratie. Je me foutais royalement d'être le descendant d'un comte ou celui du valet d'un comte. Jusqu'au jour où, dans une brocante, ma mère trouva un tableau assez abîmé. L'un des coins de la peinture était brûlé, mais on pouvait y voir un homme qui me ressemblait comme deux gouttes d'eau ; sauf que le type du tableau avait les yeux verts. La ressemblance était telle que ma mère a acheté le portrait et l'a suspendu dans son salon. Une inscription au bas de la toile identifiait le comte François de Besanceau et portait une date : 1777. Il avait donc trente ans à l'époque.

— Vous voulez dire que le dernier comte avait les mêmes traits que nous, remarque François, d'une voix à laquelle il ajoute une intonation de surprise. Je voudrais bien voir ça !

— Oui, je lui ressemble comme un frère mais vous, vous êtes sa réplique exacte.

— Quelle coïncidence !

— Sacré hasard, en effet ! L'homme du tableau m'a intrigué. J'ai voulu en savoir plus. Comment était-ce donc, de vivre au 18e siècle avec mon visage ? Et puis, quels liens de parenté pouvaient expliquer cette ressemblance ? J'ai retenu les services d'une généalogiste qui n'a pas réussi à prouver, de façon irréfutable, que j'étais bien un descendant du comte. Il manque des maillons à la chaîne, mais je suis convaincu malgré tout de ma filiation. Un dessin trouvé dans le dossier généalogique a même confirmé que ma mère possédait une bague ancienne aux armoiries des Besanceau. Ah ça alors, vous avez la même chevalière !

D'un geste rapide, Pierrot s'est emparé du poignet de son sosie. Il désigne l'alliance que Mike a récupérée de la pile des effets personnels de François avant de l'aider à s'évader.

— Voilà une preuve que nous sommes de la même lignée. Humm...votre bague est bien mieux conservée que la nôtre.

— Euh oui je, euh... Je l'ai fait redorer et je m'en sers comme alliance. Mais dites-moi, que savez-vous exactement de lui ?

— Très sportif. Enfin, il pratiquait les sports de l'époque : l'équitation, l'escrime. Membre en règle de clubs privés. Vous savez, le genre de club réservé aux hommes. Il préférait nettement leur compagnie, au point de donner à penser qu'il était homosexuel.

— Homosexuel ! Vous n'y pensez pas !

Pierrot s'amuse de l'air outragé de François. Il le prend pour un de ces fondamentalistes à cheval sur les principes. Il ne se gêne pas pour en rajouter :

— Pourquoi pas ? Il trouvait la compagnie des femmes ennuyante. Il s'est marié tard et à reculons.

— Que voulez-vous dire par à reculons ?

— Le roi l'a obligé à se marier. Oh, il a bien dû remplir ses devoirs conjugaux. Nous en sommes la preuve. Mais ça ne veut pas dire qu'il ne préférait pas l'autre sexe !

— Et moi, je suis certain qu'il n'était pas insensible aux charmes féminins.

— Et pourquoi en êtes-vous si certain ?

— Parce qu'il aurait eu des liaisons avec certaines danseuses... avant son mariage, complète-t-il rapidement en voyant Sophie froncer légèrement les sourcils. Je descends d'ailleurs d'une de ses maîtresses.

Sophie dissimule un sourire. Pour se réclamer d'une lignée bâtarde, il a fallu que son noble de mari soit très froissé qu'on doute de sa virilité.

— Ah, je ne demande qu'à vous croire, conclut Pierrot.

— Vous avez dit que le roi l'avait obligé à se marier. Comment aurait-il fait ça ? demande Sophie.

— Vous savez, les mariages dans ce temps-là étaient souvent arrangés pour des raisons politiques et financières. Celui du dernier comte de Besanceau n'y a pas fait exception. Le roi avait apparemment une dette envers le père d'une jeune fille qui était tombée amoureuse du comte. Ce dernier a donc servi de paiement. La demoiselle lui aurait quand même fait une fille, qu'elle lui aurait interdit d'approcher. La lignée des Besanceau s'est terminée avec lui.

— Est-ce que vous savez le nom de cette épouse ? s'enquiert François, de la façon la plus nonchalante du monde.

— C'est dans le rapport. Quelque chose comme Angeline de Chartière, je crois.

— Angeline de Salières ! Cette cervelle d'oiseau ! s'écrie François en se dressant sur sa chaise.

Un coup de pied à la cheville le rappelle à ses sens. Déjà, Pierrot s'étonne :

— À croire que vous l'avez connue personnellement !

— Bien sûr que non, bafouille François, cette demoiselle aurait maintenant plus de deux cents ans.

— C'est bien ce que je croyais.

— J'ai dû lire ce renseignement dans la correspondance du comte dont je vous parlais tout à l'heure. Mais dites-moi, de quoi est-il mort ?

— Ah ça, c'est une autre histoire. Vous avez vu son tombeau ?

— Oui, je m'y suis recueilli.

— Il est mort à la suite d'un duel.

— Impossible. Une sépulture en terre consacrée lui aurait été refusée, de même que l'accès au caveau familial.

— Je ne connais pas la cause officielle de son décès, celle que ses amis ont dû invoquer pour qu'il soit enterré en terre bénite. L'histoire du duel, je la tiens du comte lui-même.

— Pardon ? s'exclament Sophie et François en même temps.

— Je possède un petit bijou que la généalogiste a déniché : le journal intime du comte, qui se termine la veille de son duel.

François a l'impression que le ciel lui tombe sur la tête.

— Est-ce que vous vous sentez bien ? s'inquiète Pierrot. Je vous trouve bien pâle tout à coup.

François se force à respirer profondément.

— Ça va. Contre qui notre ancêtre s'est-il battu ?

— Je ne m'en souviens plus. C'est dans son journal.

— Est-ce que je peux voir ce document ?

— C'est facile, venez chez moi. J'aurai le plaisir de vous présenter ma femme, Célia, ainsi que ma petite Mélissa. Elles doivent être rentrées, à l'heure qu'il est. Tenez ! À moins que vous n'ayez d'autres plans, je vous invite à dîner à la maison. Oh, ce sera à la fortune du pot, comme on dit. Nous en profiterons pour faire plus ample connaissance et vous pourrez feuilleter tout le dossier.

— Nous aimerions beaucoup accepter, répond Sophie, mais nous sommes en vacances avec un couple d'amis. Nous les avons laissés à l'hôtel, en train de récupérer du vol intercontinental.

— Qu'à cela ne tienne, invitez-les aussi. Plus on est de fous, plus on rit.

— Ils sont Américains et ne comprennent pas le français.

— Eh bien, nous parlerons anglais. Pourquoi ne leur téléphoneriez-vous pas ?

— Nous n'avons pas encore de téléphone.

— Utilisez le mien.

Sophie s'empare du portable et contacte l'hôtel. Comme Mike et Shannon ne répondent pas, elle leur laisse un message sans beaucoup plus de détails que le numéro de téléphone et l'adresse de Pierrot.

— En attendant, je crois que nous pouvons accepter votre invitation avec plaisir, consent François.

* *
*

Dès qu'ils franchissent le seuil de l'appartement, Pierrot appelle :

— Célia, c'est moi. Je... Que se passe-t-il ?

La brunette qui s'enfuit vers la chambre à coucher n'a pas eu le temps de bien voir les visiteurs. D'un air préoccupé, Pierrot invite François et Sophie à s'asseoir dans la salle de séjour. Il trouve son épouse devant le miroir, en train d'essuyer ses yeux rougis.

— Que se passe-t-il, ma chérie ? Une mauvaise nouvelle ?

— Nous n'avons pas le temps d'en parler. Il ne faut pas faire attendre tes invités.

— Y a-t-il eu un accident, un décès dans la famille ?

— Je ne veux pas en parler maintenant ! Allons-y.

Célia sort de la chambre, suivie d'un Pierrot passablement inquiet. Arrivée au salon, elle n'aperçoit François qu'au dernier moment. Elle éclate presque aussitôt d'un rire hystérique et se jette dans les bras de son mari.

— Pardonne-moi d'avoir douté de toi.

À l'intention des invités, elle ajoute :

— C'est donc vous que j'ai vu devant l'immeuble, embrasser madame, plus tôt aujourd'hui.

— Euh, oui ! C'est possible.

— Et moi qui vous ai pris pour Pierrot. J'ai cru qu'il avait quelqu'un d'autre dans sa vie ! Que je suis donc étourdie.

— Ah, c'était donc cela ! s'exclame Pierrot. Ça va, tu es pardonnée. Nous allons devoir faire gaffe, continue-t-il à l'adresse de François. On vous a pris pour moi trois fois aujourd'hui.

— Je suis désolé, s'excuse François, d'un air contrit.

— Il va falloir qu'on s'habitue à nous regarder droit dans les yeux, voilà tout.

— C'est vrai, il a les yeux verts, comme l'aristo, constate Célia. Et puis, il porte les cheveux plus courts. J'ai cru que tu étais allé chez le barbier.

– L'aristo ? questionne François.

– Ah oui, c'est ainsi qu'on surnomme le dernier comte de Besanceau, dans ma famille. Célia, je t'apprends que François est lui aussi un descendant du comte ?

– Je commençais à soupçonner quelque chose de semblable. Avec tout cela, nous n'avons pas encore été présentés.

Pierrot fait le récit de leur rencontre en terminant par son invitation à dîner.

– Ah, bien sûr, pas de problème, répond Célia. Il suffit de faire quelque chose de facile, comme une fondue au fromage, et d'aller chercher un dessert à la pâtisserie. Je crois que nous avons suffisamment de laitue pour une salade.

Célia est ensuite excitée par une idée qui vient de lui traverser l'esprit :

– Je serais curieuse de savoir si Mme Bonnet pourrait *voir* la ressemblance.

– Mme Bonnet est la boulangère du quartier, explique Pierrot. Aveugle, elle voit avec les mains. En palpant un visage, elle peut se représenter une personne. Ce serait intéressant en effet si elle se méprenait, elle aussi.

– Je dois aller la voir pour les baguettes, continue Célia. Vous pourriez venir avec moi, si vous consentez à cette petite expérience.

– Je n'y vois pas d'inconvénient, répond François.

— Pendant que vous faites les emplettes, je vais en profiter pour me doucher et commencer la salade. Où est Mélissa ?

— Elle est chez la voisine, répond Célia.

— C'est bien. Faites de bonnes emplettes. Je vais aller me rendre présentable.

* *

*

Pierrot est en train de se peigner en sifflotant, lorsque la sonnerie de l'interphone se fait entendre. Il actionne l'interrupteur et entend une voix masculine lui dire, en anglais, qu'il est à la recherche de François Emerson. Pierrot le prie simplement de monter. Il ouvre à un homme et à une femme dans la trentaine, dont les visages s'éclairent à sa vue.

— Ah, te voilà François, dit l'homme. Je vois que tu as fait d'autres achats. Une nouvelle chemise.

Pierrot est sur le point de le détromper lorsque son esprit taquin l'arrête. « Après tout, pense-t-il, je m'habitue à cette méprise. Voyons jusqu'où je peux pousser l'affaire. »

— Entrez, je vous prie.

Mike note intérieurement la manière différente dont François a coiffé ses cheveux mouillés pendant que, sans prendre le temps de le regarder, Shannon demande :

— François, tu sais où sont les toilettes ?

— Première porte à gauche, suivez la vapeur, signale-t-il de la main.

— Tu ne te lasses pas des douches, n'est-ce pas ? s'amuse Shannon en se pressant dans la direction indiquée.

— Sophie est absente ? interroge Mike.

— Partie faire des courses avec nos nouveaux amis.

Mike rit doucement :

— J'aurais été bien étonné que tu me dises avoir croisé des vieilles connaissances... plus de deux fois centenaires.

Le dos tourné, il ne remarque pas l'air ahuri de Pierrot.

— Et voici donc l'appartement de vos nouveaux amis !

— Oui, c'est ça, parvient à dire Pierrot.

— Qui sont ces gens ?

— Une famille dont le mari descend du comte de Besanceau.

— Vraiment ? Vous ne leur avez pas dit qui vous étiez, j'espère ?

— Euh, non.

— Que leur avez-vous raconté ?

— Que j'étais moi aussi un descendant du comte.

— Ça va, je suppose, mais je vous supplie d'être prudents. Une seule indiscrétion et nous aurons la CIA sur les talons. J'ai d'ailleurs parlé à Leo ce midi. Apparemment, ils ont envoyé nos photos à tous les aéroports. Ce n'est peut-être qu'une question de jours, ou même d'heures, avant qu'un ordinateur jumelle nos photos à une vidéo de surveillance, aux barrières de sécurité. Il nous faut absolument quitter Paris demain… Mais qu'est-ce qu'il y a ? Tu me regardes d'un drôle d'air.

CHAPITRE 14

La révélation

Des bruits de conversation évitent à Pierrot de répondre. Il sent une sourde irritation monter en lui. Un groupe enjoué se bouscule dans l'appartement. L'expérience a prouvé que l'aveugle *voyait* la différence entre les sosies. Le premier, François salue les occupants de la pièce :

— Bonjour Mike, je vois que tu as déjà fait la connaissance de notre hôte.

Pierrot claque la porte derrière les nouveaux arrivants. Mâchoires serrées, il s'adresse à François en français, d'une voix où la colère suinte.

— Qu'est-ce que cette histoire d'agents de la CIA qui vous courent après ?

François accuse le coup, pendant que Mike reprend ses esprits.

— Que lui as-tu dit ? demande-t-il à l'Américain.

– Mais… je l'ai pris pour toi. À aucun moment, il ne m'a détrompé.

– Je jouais la comédie, interrompt Pierrot. Je voulais savoir combien de temps je pourrais donner le change. C'était mon tour. Ce que j'ai appris, cependant, n'avait rien de drôle. Alors, réponds-moi. Qu'est-ce qui te vaut d'avoir la police américaine sur les talons ?

– Je n'ai commis aucun crime, riposte François, piqué lui aussi par le venin de la colère. À moins que vouloir éviter l'emprisonnement à vie pour le seul fait d'exister ne soit illégal !

– Pourquoi, alors, la police veut-elle t'enfermer ?

– Ne lui dites rien, s'interpose Mike qui anticipe la tournure de la conversation. Le moins de monde informé, le mieux ce sera. Ne mettons personne d'autre en danger.

François soupire. D'un ton plus doux, il ajoute :

– Tu entends Mike. Il vaut mieux que vous ne sachiez rien, Célia et toi. Ce serait trop dangereux.

– Laisse-moi en juger.

– Non.

Pierrot joue sa dernière carte :

– Le même danger menacerait-il de vos amis qui auraient deux cents ans ?

Exaspéré, François revient à Mike, en anglais :

— Tu lui as dit ça aussi !

— Qu'est ce que j'ai dit ? s'inquiète l'autre, avec appréhension.

— Que j'ai des amis qui auraient deux cents ans !

— Oups ! Désolé, s'excuse Mike, penaud.

— Écoute, François, reprend Pierrot. Tu l'as dit. J'en sais déjà trop. Alors pourquoi ne pas tout me révéler ? Sans même te connaître, j'étais prêt à t'inviter à ma table. Je t'ai fait confiance, alors fais-moi confiance. Tu me ressembles tellement que j'ai l'impression d'avoir un frère jumeau. Et si un de mes frères était dans le pétrin, je ferais tout pour l'aider. Grâce à cet ancêtre que nous avons en commun, je te considérais déjà comme un membre de ma famille.

François plante ses pupilles dans celle de Pierrot et prononce, d'une voix lente et posée :

— Pierrot, je suis cet ancêtre.

Il y a un long silence pendant lequel Pierrot essaie de lire dans l'expression de François un démenti de ses paroles.

— Tu te fous de ma gueule ! Le comte de Besanceau est mort en 1780.

— En fait, je ne suis pas exactement ton ancêtre. Eux te diront, fait-il en montrant Shannon et Mike du menton, que je ne suis qu'une reproduction du comte de Besanceau, une copie vivante de celui dont les os pourrissent dans le caveau que tu as visité. Ton ancêtre et moi avons en commun les vingt premières années de nos vies. Je ne suis pas très certain de comprendre comment cela est possible. Je te donne ma parole de gentilhomme qu'il y a cinq jours, si on me l'avait demandé, je n'aurais eu aucun mal à décliner mon identité comme suit : François Philippe Emmanuel Maillard, comte de Besanceau, né le 13 janvier 1747.

François voit bien, aux expressions sceptiques de Pierrot et de Célia, qu'il va devoir expliquer davantage. Il se tourne donc vers sa femme :

— Ma mie, peux-tu tout leur raconter ?

— Bien sûr, c'est une bien longue histoire, précise Sophie.

Pierrot s'installe dans un fauteuil, croise les doigts sur son ventre et répond :

— J'ai tout mon temps et je ne demande qu'à comprendre.

Célia s'assoit elle aussi et invite tout le monde à l'imiter. Sophie décrit le projet Philo, son séjour à l'intérieur de la simulation et son retour au 21e siècle en compagnie de François. Bientôt, elle interrompt son récit en disant :

— Vous ne me croyez pas, n'est-ce pas ?

— Avouez que c'est plutôt invraisemblable, répond Pierrot.

François émet un petit rire triste.

— Tu viens de dire, mot pour mot, ce que j'ai dit à Sophie lorsqu'elle a admis venir du

21e siècle ! Je confesse que je n'ai pas complètement cru à son histoire, jusqu'au jour où je me suis vu catapulté dans votre monde.

— Tu es vraiment convaincu d'avoir vécu toute ta vie au 18e siècle ? lui demande Pierrot.

— Autant que tu le serais d'avoir vécu au 21e siècle, si tu te faisais transporter deux siècles plus tard, sans avertissement.

— Et tu te dis mon ancêtre.

— Oui et non. Ma vie après ma rencontre avec Sophie diffère de celle de ton ancêtre.

— Il faut dire que tu ressembles étrangement au type du tableau de mes parents.

Le visage de Pierrot s'illumine sous le feu d'une idée. Il quitte subitement la pièce et revient bientôt avec un calepin noir marqué par le temps, que François reconnaît aussitôt :

— Mon journal intime !

— Celui de mon ancêtre. Ce journal débute lorsqu'il avait environ trente et un ans.

— Il a dû racheter le même genre de carnets toute sa vie, à mesure qu'il les remplissait. Moi, j'ai cessé d'écrire mon journal l'année dernière, après qu'il fut tombé entre les mains de personnes malfaisantes.

Pierrot tire une feuille de papier et un stylo d'un meuble et les dépose sur la table à café, devant François.

— Tu vas écrire ce que je te dicte, lui ordonne-t-il en ouvrant le calepin.

François hésite à saisir la plume. Sophie interprète correctement sa lenteur à s'emparer d'un truc dont il ignore encore le mécanisme.

— Tu dois presser sur une extrémité du stylo, comme ceci, pour en faire sortir la pointe à l'autre bout, l'informe-t-elle. Tous les stylos ne fonctionnent pas de la même façon.

Totalement humilié, car il sent bien que cette simple tâche aurait dû être un jeu d'enfant, François se demande à nouveau s'il va jamais s'adapter au Nouveau Monde. Il se déclare prêt à écrire. Encore décontenancé par l'incident dont il vient d'être témoin, Pierrot se remet suffisamment pour lire une ligne du journal.

— Demain à l'aube, je devrai me battre en duel contre… commence-t-il.

— Pourquoi utiliser cette phrase en particulier, s'indigne Célia. Pierrot! C'est cruel, non?

— Laisse-le choisir à sa guise. Je suis très curieux de connaître la fin de cette phrase, intervient François.

— Finis d'abord d'écrire ce que je viens de dire, insiste Pierrot.

François soupire et se remet au travail, pendant que Sophie explique à Shannon et à Mike ce qui est en train de se passer. Après un moment, François relève les yeux pour indiquer qu'il attend la suite. Pierrot relit en ajoutant :

— … contre le marquis Charles de Soissans.

Le stylo échappe aux doigts de François, roule sur la table à café et termine sa trajectoire sur le plancher. François regarde droit devant lui, sans réagir. Sophie l'interroge :

— Monsieur de Soissans ! N'était-il pas le gouverneur de la Bastille ?

François secoue la tête, dans l'affirmative.

— Ne l'ai-je pas déjà rencontré ? poursuit-elle.

— Oui, en février, je te l'ai présenté lorsque nous sommes allés aux Italiens. Je ne comprends pas. Comment ai-je pu perdre ce duel ? Je suis meilleur que lui, au fer aussi bien qu'au pistolet.

Pierrot approche le journal intime de ce que François a écrit, pour en comparer les calligraphies.

— Identique ! Ça alors ! Mais ça alors ! constate-t-il.

La bataille que se livrent en lui le doute et la raison transparaît clairement sur son visage. Il est singulièrement ébranlé. Tous s'approchent pour confirmer le diagnostic.

François s'empare du cahier dont personne ne l'empêche de tourner les pages jusqu'au dernier mot. Les lignes s'embrouillent un peu devant ses yeux incrédules.

*   *

*

Extrait du journal intime de François Philippe Emmanuel Maillard, comte de Besanceau

Le 4 septembre 1780

Le sort en est jeté. Demain à l'aube, je devrai me battre en duel contre le marquis Charles de Soissans. En tant que parti accusé, il m'a été permis de choisir les armes. L'épée m'a bien servi dans mes duels précédents. Je la trouve moins cruelle que le pistolet. Moins vengeresse. L'honneur est sauf dès le sang versé. Olivier a accepté d'être mon témoin et m'assure que mes habiletés à manier le fer dépassent de beaucoup celles de mon adversaire. Pourtant, l'effroi subjugue mes sens. La sueur perle à mon front. Une nausée grandissante noue mes entrailles. Je ne puis m'empêcher de penser que ces pages seront les dernières que je noircirai dans mon journal.

Jamais une telle prémonition ne m'a habité. Ni à l'approche d'une bataille navale, ni avant un autre duel. Qu'est ce qui est différent ici ? J'étais plus jeune, impatient de laver un affront, de préserver mon honneur, plein d'un sens de rectitude qui m'assurait la victoire.

Comment donc en suis-je arrivé là ? L'envie d'un moment de solitude m'avait amené à chercher refuge dans une chambre déserte au bal de la vicomtesse de Chenanceau. L'épouse du Marquis m'y traqua. Je n'avais même pas

remarqué la passion qu'elle me vouait. Mon sixième sens avait dû s'émousser par la répétition de ce genre de choses. Consciente du peu de temps dont elle disposait pour me séduire, elle commença à se dévêtir dès son entrée dans la pièce. Mes tentatives impuissantes pour la rhabiller furent interprétées comme la réaction contraire, par son mari qui la suivait secrètement.

Qu'est-ce qui la poussa à mentir ? À inventer des rencontres furtives auxquelles je n'avais jamais participé ? Étaient-ce mes véhémentes protestations, à l'effet que je n'avais ressenti aucune envie d'elle ? Une femme rejetée qui veut se venger. Pouvait-il s'agir d'une façon de se débarrasser de son mari ? Espère-t-elle que je le tuerai demain ? J'ai certainement une réputation d'excellent escrimeur.

Étant donné cet état de choses, pourquoi le Marquis persiste-t-il à rechercher ce duel où il risque sa vie ? De mauvaises langues le disent peu enclin aux scrupules. Lorsqu'il était gouverneur de la Bastille, plus d'une accusation d'abus de pouvoir a fait surface.

Notre antagonisme ne date pas d'hier. Il y a plus de dix ans, déjà, Soissans m'accusait d'avoir détourné vers moi, par jeu, les attentions de Mlle Haubier, une demoiselle à laquelle il faisait la cour. Il était jaloux de mes conquêtes amoureuses, de ma fortune *et de mon rang. Je le soupçonne d'instincts meurtriers. Si je lui laisse la moindre ouverture demain, je ne puis douter qu'il me blessera mortellement.*

Est-ce la réalisation de ma mort imminente qui m'a fait violemment rendre mon souper entre ces deux phrases ? Ou est-ce, banalement, quelque aliment ? Accouru à mon aide dès mes premiers maux de cœur, Victor m'a annoncé que Basil était lui aussi pris d'un malaise semblable. Mon petit écuyer avait terminé le ragoût auquel j'avais à moitié touché, les événements de la journée ayant quelque peu diminué mon appétit. J'ai demandé à mon fidèle valet de vérifier aux cuisines si quoi que ce soit de pourri avait été utilisé dans la préparation du ragoût.

Si je meurs demain, que laisserai-je derrière moi ? Une épouse qui me déteste et que je méprise. Une fille qui ne pourra pas transmettre mon nom, perpétuer ma lignée et que je doute être de mon sang. Une vie au service de rois dépravés ou incompétents. Où est-elle, l'âme sœur qui aurait donné un sens à mon existence ?

Mes yeux se brouillent de nouveau. La nausée revient. Victor est venu m'assurer que la cuisinière n'avait utilisé que les ingrédients les plus frais. Par contre, elle avait eu vent qu'un inconnu s'était faufilé hors de la cuisine, plus tôt aujourd'hui. Rien ne semble avoir été volé. Que dois-je y comprendre ?

De quoi mourrai-je demain ? D'un empoisonnement, d'un coup d'épée, ou de ce souci de l'honneur qui me mène à un duel alors que je devrais garder le lit ?

* *
*

François se lève ensuite pour aller se placer devant une fenêtre et tourner le dos à tout le monde. Un silence gêné s'établit, pendant lequel il mesure le fossé qui le sépare de ceux qui l'entourent. Son incroyable destin lui donne le vertige.

Malgré les difficultés de sa situation présente, il plaint cet autre lui-même de n'avoir jamais rencontré Sophie. Il sait maintenant que l'âme sœur n'allait exister que plus de deux cents ans dans le futur. Il connaît la réponse à la dernière question du journal intime. Maudit soit l'esclavage de l'honneur ! Il sait que, même indisposé, il aurait accepté le défi dans un champ brumeux à l'aube. Toutes ces règles de conduite qui lui semblaient nobles, il y a peu de temps, perdent leur lustre à se frotter au pragmatisme du 21e siècle. Il n'en est que plus reconnaissant de la seconde chance qui lui est donnée, de vivre sans les contraintes de son siècle.

Après s'être passé la main sur la figure, François revient à la réalité. Pierrot remarque l'humidité hâtivement séchée au coin des yeux de son sosie.

— Y a-t-il d'autres épreuves auxquelles tu veux me soumettre ? demande François.

— Je pourrais te bombarder de questions à propos de dates vitales pour la lignée des Besanceau. À quoi bon. N'importe qui pourrait engager un généalogiste, comme je l'ai fait moi-même, pour recueillir toutes ces données.

— Pourquoi te raconterais-je une histoire aussi absurde si elle n'était pas vraie ?

— Bof ! Les fous abondent sur cette terre. Apprenant que tu ressemblais étrangement au dernier comte de Besanceau, tu aurais pu te convaincre d'en être la réincarnation. Voilà !

François devient écarlate.

— Je crois que nous n'avons plus rien à nous dire. Partons, Sophie.

Il a déjà fait plusieurs pas vers la porte. Pierrot l'intercepte.

— Eh ! Ne grimpez pas sur vos grands chevaux ! Je ne faisais que supposer. Je n'ai rien pour le prouver. En même temps, je n'ai aucune preuve que vous me mentez. Étrangement, mon instinct me dit de vous croire.

— Que signifie ce vouvoiement soudain ?

— Eh euh... j'ai l'habitude de vouvoyer les gens plus âgés que moi.

François éclate d'un rire franc, où perce le soulagement.

— Mais je ne suis pas plus âgé. Ne m'as-tu pas dit avoir vingt-six ans ? Me voici donc de quatre ans ton cadet.

Pierrot joint son rire à celui de François.

— Ce qui montre bien le ridicule de la situation. Mon arrière-arrière-arrière-arrière-grand-père est plus jeune que moi. Il y a encore tellement de choses que je ne comprends pas. Pourquoi fuirais-tu ?

CHAPITRE 15

Le tableau

Les adultes sont interrompus par le retour de Mélissa, raccompagnée par la voisine. La petite fille s'élance en quête d'une bise, mais c'est à François qu'elle s'adresse. Pierrot doit donc faire valoir ses titres de compétence :

— Holà, Poulette ! Tu te trompes de personne ! s'écrie-t-il en lui tendant les bras.

L'enfant le dévisage un instant et, après un moment d'indécision où son regard voyage entre les deux hommes, se réfugie dans les jupes de sa mère qui lui présente gentiment son nouveau « tonton ». À trois ans, il faut déjà apprivoiser la surprise.

Quelques heures plus tard, des morceaux de pain empalés sur de longues fourchettes brassent paresseusement un mélange onctueux de gruyère et d'emmenthal. Le vin aidant, la conversation prend un tour enjoué. Le couple français bénéficie d'un récit détaillé des aventures de Sophie au 18ᵉ siècle, loin de la version édulcorée servie à Mike et à Shannon dans la villa de Leo. Les chercheurs s'étonnent du changement qui s'est opéré dans l'attitude de François depuis son arrivée en sol européen. Une lumière intérieure s'échappe dans l'humour de ses histoires et dans ce rire qu'ils n'ont pas eu la chance d'entendre jusqu'à présent. Ils en sont au dessert, lorsque François réitère sa demande de voir le tableau représentant le comte.

— Ma foi, rien ne nous empêche de rendre visite à mes parents ce week-end, répond Pierrot. Je suis certain qu'ils seraient ravis de vous connaître. Nous pourrions tous demeurer dans leur grande maison. Laissez-moi leur téléphoner pour vérifier qu'ils n'ont pas d'autres visiteurs.

— Je vous prierais de ne pas dévoiler ma véritable identité.

— Bien sûr ! Nous nous en tiendrons à l'histoire que tu voulais me faire gober.

— Demeurent-ils loin d'ici ?

— Près de Nevers.

— Nevers ! Nous en avons pour deux jours de route, au bas mot.

— Mais non, en voiture, nous y serons en trois heures.

François se frappe le front en riant.

— J'ai encore un peu de difficulté à réduire les distances dans ma tête.

Pierre s'empare de son portable et compose le numéro de ses parents.

– Maman ! C'est Pierrot... Vous alliez justement m'appeler ? ... Guillaume ? Avec sa fiancée ! C'est donc bien sérieux cette fois... Venir pour la rencontrer ? Ça ne fera pas trop de monde en même temps ? Il ne faudrait pas effrayer la pauvre petite... Oui, je sais, la maison est grande... Justement, j'appelais pour m'inviter avec des amis... Je brûle d'envie de vous les présenter... Quatre... Oui, il y a l'auberge du village... Attendez, je vais les consulter...

Pierrot enlève l'écouteur de son oreille et dit en anglais :

– Mon frère Guillaume est attendu chez mes parents pour leur présenter sa fiancée. Ma mère adore les visiteurs. Elle se préparait d'ailleurs à convier tous mes frères et sœurs à un dîner de famille. Le problème, c'est que Guillaume et sa fiancée occuperont deux des places à coucher que je vous destinais.

– Nous serions des intrus, déplore Sophie.

– Oh, ne prévoyez rien pour nous, les rassure Mike. Shannon et moi préférons nous rendre à Saint-Tropez, comme prévu. François et Sophie nous rejoindront plus tard. Vous pourriez les laisser à une gare, après leur visite. Et puis, je suis certain que vous préférerez parler français. Nous pourrons rester en contact, grâce aux portables que j'ai achetés avant de venir. Je ne vois pas d'inconvénient à nous séparer pour une journée.

— Bon, dans ce cas, je peux dire à ma mère que nous n'emmènerons que deux amis, n'est-ce pas ?

— Tout est réglé, dit Pierrot en coupant la communication. Ils nous attendent demain en début d'après-midi. C'est une occasion unique de rencontrer tout le monde en même temps. Peut-être devrais-je vous brosser un portrait familial ! D'abord il y a ma mère, Alphonsine, et mon père, Edmond. Mon père est vigneron. Oh ! Il ne produit pas un grand cru, mais de bons vins rouges et des rosés très acceptables. J'ai trois frères et deux sœurs. Guillaume est le plus vieux, de 2 ans mon aîné. Il vient d'ouvrir un cabinet de médecin, à Nice. Mon grand frère a toujours été l'intellectuel de la famille. Je ne sais rien de sa fiancée. Après nous deux, vient Sébastien, marié à Chantal, et papa d'une fillette de deux ans et d'un bébé de quelques mois. Il seconde mon père et vit dans un petit chalet, à un demi-kilomètre de la Grue.

— De la Grue ? s'étonne Sophie.

— C'est le nom du domaine de mon père. La grue dans le sens de l'oiseau, pas dans le sens de l'engin de chantier ! Mais où en étais-je ? Ah oui. Après Sébastien, vient Maryse. Elle est institutrice au premier cycle et vit à Nevers avec son ami Antoine, enfin son concubin, hum… bref elle n'est pas mariée. Tu sais, François, les mœurs se sont quelque peu assouplies, depuis le 18e…

— D'accord, j'ai compris, intervient François. Tu n'as pas à t'excuser !

— Les deux derniers, qui ne sont plus des enfants, sont Patrick, dix-sept ans et Angèle, quinze ans. Ils demeurent encore tous les deux à la Grue et vont au lycée. Voilà, j'ai fait le tour. Tout ce beau monde sera là. Il me tarde de vous les présenter. Essayons de partir relativement tôt, demain matin. J'irai vous chercher à votre hôtel.

*   *

*

François s'habitue aux promenades en voiture. À partir de la banquette arrière, séparé de Sophie par le siège de Mélissa, il admire les vignes qui décorent de rayures les vallons que la route sillonne.

— Je me demande si nous pourrions berner ma mère, lui demande soudainement Pierrot.

— Pourquoi voudrais-je tromper ta mère ?

— Pourquoi pas ? J'ai une idée !

Il immobilise la voiture sur l'accotement.

— Célia, pourquoi ne prends-tu pas le volant, avec François à tes côtés. Je vais passer derrière et mettre des verres fumés. Je suis certain qu'à cette heure-ci, ma mère va être à la cuisine. Elle va voir arriver notre Peugeot et viendra nous accueillir. Si tu sors en premier, François, elle va présumer que tu es moi.

— Pierrot, je ne veux pas manquer de respect à ta mère.

— Ne t'en fais pas. Elle a le sens de l'humour. Tu n'as pas à jouer mon rôle, seulement à descendre avant moi. On va voir sa réaction. Je me demande si une mère peut se tromper sur l'identité de son enfant.

— Bon, si tu y tiens. Je dirai que c'est ton idée.

Vingt minutes plus tard, la Peugeot s'engage dans l'allée menant à une maison d'un certain âge, revêtue de vignes. Tel que prévu, une petite dame rondouillarde s'avance bientôt vers la voiture. Pierrot exhorte François à sortir. À peine dehors, il se trouve pressé sur une poitrine généreuse et reçoit des bises sonores sur les deux joues.

— Salut mon grand ! Ç'a été ? La route était belle ?

Ses propres salutations expirent avant d'atteindre ses lèvres. Déjà, la mère de Pierrot accorde le même traitement à Célia. Pendant ce temps-là, Pierrot et Sophie s'approchent nonchalamment du trio.

— Belle-maman, j'aimerais vous présenter Sophie Emerson, dit Célia.

Alphonsine souhaite chaleureusement la bienvenue à la visiteuse. Pierrot achève d'enlever ses verres fumés :

— Salut maman, alors on n'embrasse plus son fils ! '

L'interpellée porte les mains à ses joues, encadrant des yeux aussi ronds que sa bouche. Elle balbutie, pendant que les autres laissent éclater leur hilarité.

— Ce n'est pas possible! Quelle ressemblance! Je n'en reviens pas!

Après s'être maintes fois excusée de sa méprise et avoir renouvelé les souhaits de bienvenue, Alphonsine écoute attentivement l'histoire convenue sur l'identité de François et le but de sa visite. Mélissa proteste bientôt de son emprisonnement dans la voiture. Le groupe se dirige vers la maison, pressé de voir le tableau qui trône au-dessus du foyer.

Il y a un moment de silence pendant que tous examinent la peinture. Pierrot se tient un peu en retrait, derrière la porte, lorsqu'une adolescente se glisse furtivement dans le dos de François et lui bande les yeux de ses paumes en claironnant :

— Devine qui est là!

Quelques secondes plus tard, Pierrot joue le même tour à sa sœur. En sandwich entre celui qu'elle croit être son frère et celui qu'elle devine être son frère, Angèle laisse tomber les mains. Exclamations et explications fusent. C'est un groupe très enjoué que Célia abandonne un moment pour chercher les jouets que sa fille réclame. Un ourson à la main, elle referme la portière de sa voiture, lorsqu'une BMW bleue s'engage dans l'allée. L'occupant mâle s'exclame, à l'intention de sa compagne :

— Tiens, tiens ! Il me semble reconnaître la Peugeot du Parisien. Pourtant, maman m'avait dit qu'il ne viendrait probablement pas. Eh bien, tu vas rencontrer toute la famille après tout !

Célia est présentée à Jennifer, la fiancée de Guillaume. Celui-ci se dit très heureux de l'occasion de voir Pierrot. Célia s'esclaffe :

— Ah ça, pour le voir, tu vas le voir ! Et plutôt deux fois qu'une !

— Que veux-tu dire par là ? questionne Guillaume.

— Rejoignons les autres et tu vas comprendre. Nous sommes venus avec des amis.

Lorsque Célia, Guillaume et Jennifer entrent dans le salon, François et Pierrot se tiennent au pied du tableau, face aux autres. Ils essaient de prendre la posture du modèle.

— Oh mon Dieu, je vois double ! proteste Guillaume.

— Ah, Guillaume, fait Pierrot. Tu vas pouvoir trancher la question. À ton avis, lequel de nous deux ressemble le plus à l'aristo ? Maman vote pour moi.

— Maman ! On voit bien que vous êtes biaisée, répond Guillaume. Vous êtes monsieur… ?

— François Emerson, complète ce dernier.

— Bon, je capitule, soupire Pierrot. Tu as la majorité des votes.

— Non, non, je crois vraiment que c'est toi, mon Pierrot, recommence Alphonsine.

— Maman, un peu d'objectivité tout de même ! reprend Guillaume. Regardez bien. François a les yeux de la même couleur que ceux de l'aristo. La même prestance. La même cicatrice à la main gauche !

Soucieux de ne pas trahir le secret de son invité, Pierrot s'empresse de minimiser cette découverte en l'attribuant à un défaut dans la peinture. Guillaume soupçonne un mystère et demande à François d'où vient cette cicatrice. Pierrot devance la réponse en disant :

— Ne m'as-tu pas dit qu'il s'agissait d'un accident de pêche ? L'hameçon s'est accroché, ou quelque chose dans le genre ?

— Oui, exactement... il y a des lunes... approuve François.

L'arrivée du père de Pierrot et de Sébastien met fin à l'incident. La famille Daigneault inonde les retardataires de renseignements sur les Emerson et leur ancêtre commun. Lorsque Pierrot peut prendre François en aparté, il s'enquiert de la véritable provenance de la cicatrice :

— Oh, pendant l'abordage d'un bateau corsaire, le sabre d'un ruffian m'a effleuré la main, répond François.

— Pfiou, j'ai bien fait de trouver une autre explication. Cette histoire de pirates n'aurait pas convenu.

*   *

*

Toute la famille profite du temps clément pour installer des tables sous les treillis des rosiers, où l'on fêtera l'annonce des noces imminentes de Guillaume. Après que tout le monde a aidé au transport de la nourriture, les convives peuvent enfin s'attabler. Lorsque chacun a rempli sa coupe, Edmond se lève.

— Je porte un toast à nos invités. Bienvenue à Jennifer qui nous offre cette merveilleuse excuse pour nous réunir et qui va nous donner une autre occasion, cet été, de nous régaler et de faire les fous. Votre mariage avec notre grand Guillaume nous remplit de joie, Alphonsine et moi. Nous sommes honorés, bien sûr, de voir entrer dans notre famille une illustre correspondante du *Times*. Est-ce que votre emploi exige beaucoup de déplacements entre l'Europe et l'Amérique ?

— Oui, mais j'ai l'intention de ralentir un peu, répond Jennifer. J'ai quelques idées de romans et j'aimerais prendre le temps de les mettre sur papier ou plutôt sur CD. Votre fils fait de moi une femme heureuse. Merci de votre accueil chaleureux. La France est devenue mon pays d'adoption. Ce mariage me permettra d'avoir la double citoyenneté française et américaine.

— Avant que toute cette nourriture ne refroidisse, je voudrais aussi souhaiter la bienvenue à François et Sophie, deux nouveaux membres de cette famille. Je crois parler au nom de tout le monde en soulignant que, malgré une consanguinité plutôt distante, l'incroyable ressemblance de notre Pierrot et de François évoque un lien plus rapproché. Vous êtes des nôtres!

— C'est vrai, renchérit Alphonsine. Je croirais presque avoir eu des jumeaux, il y a 26 ans. Et ce petit que vous portez, Sophie, je ne peux m'empêcher de le voir un peu comme mon petit-fils ou ma petite-fille. C'est fou, n'est-ce pas?

François lit le même acquiescement sur tous les visages. C'est donc ému, qu'il répond :

— Ce sentiment est réciproque. Votre accueil me fait entrevoir ce que c'est que d'appartenir à une famille nombreuse.

Edmond se rassoit, après que tout le monde a goûté au nectar qu'il a monté de sa cave, pour l'occasion.

— Vous avez des frères et des sœurs, François? questionne Maryse, dès que la conversation reprend son cours.

— Ouais, est-ce que vous en avez un qui me ressemble? plaisante Sébastien.

— Je regrette de n'avoir ni frère ni sœur, répond François.

— Et vos parents vivent au Québec, comme ceux de Sophie? demande Alphonsine.

— J'ai perdu mes deux parents.

— Oh, je suis désolée de l'apprendre, s'attriste Alphonsine. Vous êtes si jeune. Est-ce que leur décès est récent?

— Non, cela remonte à plusieurs années.

Pierrot admire l'impassibilité avec laquelle François a répondu. Il doit, pour son compte, dissimuler un sourire derrière sa serviette de table.

— Et vos parents à vous Sophie ? Ils se portent bien ? continue Alphonsine.

— Oh oui. Aux dernières nouvelles, tout le monde chez moi était en parfaite santé.

— Comment avez-vous rencontré François ? demande Angèle.

— À une fête, un ami commun nous a présentés l'un à l'autre. Quelques mois plus tard, nous nous sommes mariés. Voilà.

— Vous l'êtes depuis longtemps ?

— Un peu plus de six mois.

— Oh ! s'exclame Alphonsine. Seriez-vous chez nous en voyage de noces par hasard ?

— Oui et non. Nous voyageons avec un autre couple. J'étudie à l'Université Laval ; nous avons attendu la fin des cours avant de partir.

— Et vous François, vous étudiez ou vous travaillez ?

François hésite :

— Ni l'un ni l'autre, pour le moment.

— Alors, vous ne savez pas ce que vous allez faire au retour ?

— J'aimerais retourner aux études, dans une discipline comme le génie civil. Toutefois, je crains d'être obligé de trouver un emploi. Après tout, j'aurai bientôt une famille à nourrir.

Sophie regarde François avec chaleur. Leurs doigts s'enlacent. Pour la première fois depuis leur arrivée au 21e siècle, François semble entretenir de l'espoir pour le futur. Il a décidé de dépoussiérer ses rêves. Pourvu qu'il ne soit pas forcé de les enterrer de nouveau. Bientôt, la conversation dévie vers Guillaume et Jennifer, à qui Angèle a aussi demandé de raconter leur premier rendez-vous. N'étant pas obligés, comme Sophie et François, de tenir secrètes les circonstances réelles de leur première rencontre, Jennifer et Guillaume se lancent dans un récit plus long qu'une simple phrase et plus insolite qu'une banale présentation par un ami commun.

$$* \quad *$$
$$*$$

Plus tard, lorsque la lune et les étoiles servent d'éclairage, les couples se tiennent enlacés en écoutant des duos pour guitares, interprétés par Pierrot et Patrick. Sophie s'appuie sur la poitrine de François et souhaite que ce moment s'éternise. François lui taquine l'oreille et lui souffle des mots doux. Elle n'a plus qu'une inquiétude. Ni Shannon ni Mike n'ont texté ou téléphoné pour annoncer leur arrivée à Saint-Tropez. Son propre appel vient d'être redirigé vers une boîte vocale.

CHAPITRE 16

L'enlèvement

— Pourrais-tu m'indiquer où se trouve l'église la plus proche ? demande François à Pierrot, le lendemain matin.

— L'église la plus proche ? Ah oui, nous sommes dimanche. J'aurais dû y penser. Attends, ce doit être l'église de la Rédemption, à cinq kilomètres d'ici environ. Maman, tu sais à quelle heure sont les messes à la Rédemption ?

— Non, mais tu peux consulter le site Internet, répond-elle.

— La prochaine messe est à 11 heures, annonce Pierrot, après avoir suivi la recommandation de sa mère.

— Si je pars tout de suite, je peux sûrement arriver à temps.

— Eh, pas besoin de marcher ! Je vais te conduire et je passerai te reprendre, une heure après.

— Je ne veux pas te déranger. Et puis, cela prendra plus qu'une heure.

— Cela m'étonnerait. Te servir de chauffeur ne me dérange pas, pourvu que tu ne me demandes pas d'assister à l'office! Est-ce que Sophie t'accompagne?

— Non, les nausées matinales, tu comprends.

— Oui, je sais, Célia a été dans la même situation.

— Oh, Pierrot si tu vas en ville, interrompt Edmond, pourrais-tu rapporter les vieilles cruches à Ferdinand Marnay. J'ai promis de le faire avant mardi.

— Pas de problème. Où sont-elles?

— Dans le hangar. Je les ai réparties dans trois boîtes.

— Tu vas en ville, Pierrot? s'informe Patrick en entrant dans la cuisine. J'aimerais ton avis sur une moto usagée, au garage de Roland. Tu penses pouvoir y jeter un coup d'œil?

— Bien sûr! Eh bien, c'est ce qui s'appelle faire d'une pierre trois coups!

— J'ai promis d'emmener Jennifer à cheval cet après-midi, est-ce qu'il y a d'autres intéressés? lance Guillaume à la ronde.

— Moi, s'écrie Angèle.

— Et toi François, tu sais monter? demande Guillaume.

— Je me défends. Je vous accompagnerais bien, mais nous avons un train à prendre à 17 heures.

— Tu as donc amplement le temps. Tu crois que Sophie voudra venir aussi ?

— Non, Sophie sera heureuse de ne plus jamais voir un cheval de sa vie. Je n'ai jamais rencontré pire cavalière.

— Ah, tu ne m'as jamais vu sur un cheval, s'exclame Pierrot. Bon, je vais aller chercher les cruches. François, tu nous rejoins à l'auto dans une demi-heure, ça te va ?

— D'accord.

* *
*

Lorsque François prend place sur la banquette arrière, Patrick est déjà au volant. Il ne rate pas une occasion de s'exercer à conduire et Pierrot le lui a gracieusement permis.

— François, si tu veux plus de place derrière, tu n'as qu'à détacher le siège d'enfant et à l'envoyer dans le coffre. C'est ça, par-dessus les cruches.

La journée s'annonce lumineuse et insouciante. François repousse dans un coin de son esprit la question de son avenir. Demain arrivera bien assez tôt. Il ferme les yeux pour mieux jouir de la sensation du vent qui s'engouffre dans l'habitacle, par la fenêtre baissée.

— Putain, il est bien pressé ce mec ! s'offusque Patrick.

Cette remarque s'adresse au chauffard qui vient de les dépasser en trombe.

— Ouais, un tas de cinglés perdent les pédales en pressant sur un accélérateur, constate Pierrot.

— Mais qu'est-ce qui lui prend ?

Dans un crissement de pneus, la voiture grise pivote et s'immobilise devant eux, bloquant toute la route. Patrick n'a d'autre choix que de freiner. Deux hommes plutôt costauds sortent du véhicule. Pierrot lit dans les yeux écarquillés de François la crainte qu'il ressent lui-même. Une note de panique dans la voix, il crie :

— Patrick, vite, fais marche arrière ! Dépêche-toi !

— Quoi ? Que...

— Ne discute pas, fais comme je dis. Vite ! Plus vite que ça, je te dis !

— Je fais ce que je peux. Ce n'est pas facile, en marche arrière !

En les voyant reculer, les fiers-à-bras ont regagné leur voiture et manœuvrent pour les rattraper.

— Zut, il nous faut faire demi-tour. Recule dans cette entrée. Vite, nom de Dieu !

Dans un grincement réprobateur de la transmission et une volée de petits cailloux, Patrick parvient à virer. Le pied à fond sur l'accélérateur, il croit un instant pouvoir distancer leurs poursuivants, mais au détour d'une courbe, il aperçoit un deuxième véhicule placé en travers de la route. Un freinage trop brusque fait déraper sa voiture qui s'immobilise dans le fossé.

Les mains toujours crispées sur le volant et le cœur battant la chamade, Patrick sursaute quand un de leurs poursuivants surgit, ouvre la portière et tire son frère hors de son siège. Pierrot se débat férocement, mais en vain. Les doigts tremblants, Patrick détache sa ceinture avec difficulté, pendant qu'avec l'aide d'un autre assaillant, le bandit maîtrise Pierrot qui arrête de lutter. Patrick doit enjamber le bras de vitesse. Trop tard. La voiture des kidnappeurs démarre à toute allure derrière celle des complices qui, entre-temps, ont dégagé la route. En moins d'une minute, ils sont hors de vue d'un Patrick éberlué, dépassé et haletant.

– Merde, merde, putain de merde ! marmonne-t-il en litanie en se passant la main nerveusement dans les cheveux. Mais qu'est-ce qui se passe ?

L'existence d'un second passager lui revient tout à coup à la mémoire.

– Oh mon Dieu ! Ah, non, ce n'est pas vrai !

Il se précipite vers François, affalé sur la banquette arrière, le siège d'enfant renversé par-dessus lui. En équilibre précaire sur les boîtes de cruches, le siège a dû faire un vol plané pendant l'accident, pour venir frapper

François sur le front, à la base des cheveux. La coupure saigne profusément. François est inconscient.

Patrick vérifie le pouls du blessé puis cherche désespérément quelque chose à appuyer sur la plaie. Il trouve une boîte de papiers mouchoirs. Il vient tout juste d'en appliquer une dizaine sur le front de François, lorsqu'il sent l'autre remuer en grognant.

— Tout doux là, le prévient-il. Tu as une mauvaise blessure à la tête. Il vaut mieux garder ça dessus.

François se redresse. Il n'a pas bonne mine, la moitié du visage nappée de sang et le col de chemise imbibé de rouge écarlate. Il prend la relève de Patrick et maintient les mouchoirs en place. Lentement, il parvient à sortir de la voiture, puis s'appuie à la carrosserie.

— Que s'est-il passé ? réussit-il à balbutier.

— Ces salauds ! Ils ont enlevé Pierrot ! Ce n'est pas croyable. Qu'est...

— Ils ont quoi ? s'écrie François en grimaçant au mouvement qu'il esquisse vers Patrick.

Il doit prendre quelques secondes pour calmer le reflux de douleur qui l'assaille. En quelques phrases où transpire l'inquiétude, Patrick lui explique la situation.

— Doux Jésus, ils se sont trompés d'homme, commente François pour lui-même plus que pour Patrick.

— Que veux-tu dire ? demande Patrick, méfiant.

— C'est moi qu'ils voulaient, pas Pierrot. Écoute, il faut absolument retourner à la Grue. Tout de suite !

— Mais qu'est-ce qu'ils te veulent, ces types ? Qu'est-ce qu'ils vont faire à Pierrot ?

— Est-ce qu'on peut sortir la voiture de là ou vaut-il mieux marcher ?

— Stop ! Je veux savoir si Pierrot est en danger.

— Écoute, je ne peux rien te dire.

— Comment, on kidnappe mon frère sous mes yeux et tu ne peux rien me dire ?

— Je suis désolé ! Il faut absolument retourner à la Grue.

— Pierrot sait-il de quoi il retourne ?

Patrick connaît instantanément la réponse à sa question. Il a reconnu la peur dans la voix de son frère qui lui demandait de s'éloigner de leurs poursuivants.

— Oui et c'est pourquoi il est peut-être en danger. Ne me demande pas de détails maintenant. Mon Dieu, ce sont eux qui reviennent ?

Un camion s'approche.

— C'est M. Bouchard, un de nos voisins, précise Patrick, soulagé.

Le camion s'arrête à leur hauteur et le conducteur s'écrie, plein de considération :

— Sapristi Pierrot, tu es blessé ! Montez, je vous emmène à l'hôpital !

— Vous vous trompez, je ne suis pas..., commence François avec lassitude. Ah et puis zut. Pourrais-je vous demander de nous conduire à la Grue, Patrick et moi ?

— Bien sûr ! Mais c'est à l'hôpital qu'il faut aller. Les coups sur la tête, il faut soigner ça.

— Guillaume est en visite, il va regarder sa blessure, le rassure Patrick.

Quelques minutes plus tard, le bon samaritain dépose François et Patrick sur le seuil de la maison familiale. Ils se dirigent vers la cuisine, où les autres sont encore autour de la table, à siroter un café ou à lire un journal. La vue du sang fait sursauter tout le monde. Avec un cri d'effroi, Sophie se précipite.

— François, que s'est-il passé ?

— Dieu soit loué, tu es là ! J'ai eu si peur qu'ils ne t'aient prise aussi...

Et de son bras libre, il l'attire à lui.

— Où est Pierrot ? s'inquiète Célia, dont le cri domine les autres questions qui ont fusé en même temps.

— On l'a kidnappé ! répond Patrick. Deux voitures nous ont barré la route et nous ont fait basculer dans le fossé. Puis, des types se sont emparés de Pierrot, ils l'ont immobilisé et embarqué. Ça s'est passé tellement vite. Je n'ai pas été capable de les en empêcher. François n'a eu connaissance de rien.

— Notre Pierrot. Kidnappé. Mais pourquoi ? s'alarme Alphonsine.

— Ça, il faut le lui demander ! fait Patrick en pointant le menton vers François.

Célia couvre sa bouche de ses mains en poussant un cri de détresse. Elle vient de comprendre l'erreur sur la personne. François s'approche et saisit Célia par les avant-bras, la forçant à le fixer dans les yeux.

— Je te jure que je ferai tout ce qui est en mon pouvoir pour sortir Pierrot de cette situation. C'est moi qu'ils veulent.

— Oui, mais s'apercevront-ils de leur erreur ?

— Je vais prendre contact avec eux, leur proposer un échange. Moi, contre Pierrot.

— Tu n'y penses pas ! s'écrie Sophie. Non, il doit y avoir un autre moyen.

— Sophie ! Je n'ai pas le choix.

— Il faut en discuter avec Mike et Shannon. Malheureusement, j'ai peur qu'il ne leur soit arrivé quelque chose, à eux aussi. Ils ne répondent à aucun de mes appels depuis hier.

Guillaume s'est approché de François, s'est emparé d'un linge propre et d'un bol d'eau et s'apprête à lui éponger le front pour vérifier la gravité de sa blessure.

— Laisse. Ce n'est qu'une égratignure, proteste François en reculant.

— Laisse-moi en juger.

— Le siège de Mélissa, que nous avions balancé dans le coffre, l'a frappé pendant l'accident, marmonne Patrick. Ça l'a assommé.

— Inconscient, hein ? Ne fais pas l'idiot. Laisse-moi regarder ça, continue le médecin.

– Ah d'accord, capitule François en s'assoyant sur la chaise la plus proche.

Après un examen rapide, Guillaume conclut que des points de suture sont nécessaires et part chercher sa trousse. Lorsqu'il revient, Sophie met fin à une autre tentative de communication avec leurs amis. Elle doit encore laisser des messages demandant de la rappeler de toute urgence, sans donner de détails. Edmond suggère avec véhémence d'appeler la police.

– Non, M. Daigneault, il vaut mieux laisser la police en dehors de ça. Elle ne ferait que compliquer la situation, objecte Sophie.

– Mais à qui avons-nous affaire ici ? À la mafia ?

– Non, il ne s'agit pas de la mafia, réussit à articuler Célia. Je suis d'accord avec Sophie, la police ne servirait à rien.

Tout le monde sursaute à la sonnerie d'un téléphone.

Sophie s'exclame :

– Finalement !

Elle déchante aussitôt à la vue de son écran.

– C'est bizarre. L'appel ne provient pas des téléphones de Shannon ou de Mike. Personne d'autre ne connaît mon numéro.

CHAPITRE 17

L'ultimatum

Jennifer lui arrache le téléphone des mains et, en quelques touches, choisit l'option haut-parleur.

— Maintenant, tu peux répondre, fait-elle en rendant l'appareil à Sophie. Si on nous demande une rançon, nous voulons tous entendre. Que personne d'autre ne parle, ajoute-t-elle à la ronde.

Sophie place le téléphone au milieu du cercle de famille et prend la communication. Pendant ce temps-là, Jennifer court chercher dans sa bourse une petite enregistreuse qu'elle revient déposer sur la table.

— Allo, dit Sophie.

— Est-ce que j'ai bel et bien joint Mlle Dumouchel? commence une voix inconnue, en anglais.

— Qui êtes-vous? D'où appelez-vous?

— Vous évitez de répondre à ma question. Cela n'a pas d'importance car, dans quelques secondes, le programme de reconnaissance de voix que j'utilise va me confirmer si je parle bien à celle qui, il y a six jours, a dit « François, si tu ne me crois pas maintenant, c'est que tu ne m'as jamais crue ». Et voilà, le programme vient de me le confirmer. Vous êtes bien Mlle Dumouchel.

À cette révélation, Sophie sent qu'un courant de tension circule parmi les membres de la famille de Pierrot. L'utilisation d'une fausse identité n'est pas une peccadille.

— Vous n'avez toujours pas répondu à ma question. Qui êtes-vous ? insiste-t-elle.

— Nous n'avons pas eu le temps de faire connaissance, car vous nous avez faussé compagnie trop vite. Je suis le directeur du projet Philo, le docteur Richard Mansfield.

Sophie n'est pas la seule à hoqueter de surprise à cet énoncé. Jennifer écarquille elle aussi les yeux.

— Je comprends, à votre réaction, que mon nom ne vous est pas inconnu.

— Comment avez-vous eu ce numéro de téléphone ?

— Je l'ai obtenu à partir des téléphones des docteurs Simpson et Summers. Nous sommes non seulement en possession de leurs téléphones, mais nous détenons aussi leurs personnes. Ces deux traîtres ont été appréhendés hier, peu après leur arrivée à la villa française de Leopold Sparski.

— Comment saviez-vous où ils allaient ?

— Leur passage à la gare de Lyon a été capté par une caméra de surveillance. Un agent d'Interpol a rattrapé leur train de justesse et les a suivis.

— Qu'avez-vous fait d'eux ?

— Ils sont présentement sous garde, dans un avion militaire en route vers l'institut. Ils devront bientôt faire face aux conséquences de leurs actions. M. Sparski aura aussi à justifier sa participation à cette affaire, notamment la manière dont il vous a forgé une identité et procuré de faux passeports.

— Vous avez forcé Mike et Shannon à vous dire où nous sommes, conclut Sophie.

— Non, ils ne se sont pas montrés très coopératifs. Vous seule nous avez permis de vous localiser. Vous, et tous les messages que vous avez laissés hier soir, sur leurs répondeurs. Nous avons retracé la cellule de transmission dont ils provenaient. Nos agents sont allés montrer discrètement vos photos dans cette région. Trouver votre cachette a été étonnamment facile. L'humanoïde, que vous nommez François, a dû se comporter de façon bien étrange lors de son passage près de Nevers, pour qu'autant de personnes se souviennent de lui. Heureusement, il est de nouveau entre nos mains. Bientôt, il sera mis dans un avion militaire à destination de l'institut. Il ne lui sera plus permis d'en ressortir.

— Vous n'avez pas le droit de le traiter de cette façon. D'ailleurs, vos hommes se sont trom…

Ignorant la commotion créée dans la cuisine des Daigneault et ne pouvant pas interpréter les bruits de fond, le docteur Mansfield pousse son avantage.

— Vous devez vous demander pourquoi je vous préviens que nous savons où vous trouver. J'avoue que j'aurais préféré vous capturer également. La confidentialité du projet aurait été mieux assurée si j'avais pu effacer toute trace des derniers 18 mois dans vos souvenirs et les remplacer par une séquence d'événements bien différente. Nous avions d'ailleurs trouvé une histoire fictive qui aurait fait l'affaire.

— Vous n'avez pas le droit de faire cela non plus.

— Je sais, car vous n'avez jamais prêté serment de garder le secret. Vous semblez aussi avoir très bien survécu à votre séjour dans la simulation; je ne peux donc alléguer qu'un lavage de cerveau préserverait votre santé mentale. Par contre, tout psychiatre étranger au projet Philo risquerait d'arriver à une autre conclusion. D'ailleurs, ne vous avisez pas de raconter votre petite histoire aux journaux… personne ne vous croira. Imaginez! « Une jeune fille disparue depuis un an et demi explique son absence par un séjour dans un monde qui ressemble au 18e siècle. » Le gouvernement américain niera l'existence d'un tel projet.

La possibilité de téléporter des humains a beaucoup trop d'applications militaires, par exemple espionner en plein milieu d'un camp ennemi. Si l'invention du docteur Simpson était connue, notre camp perdrait l'avantage de la surprise.

— Vous avez tort de penser que personne ne me croira, comme vous avez tort de croire que vous avez capturé François. Il est assis à côté de moi.

Sophie reprend confiance, soutenue par les murmures approbateurs de Patrick, de Guillaume et des parents de Pierrot.

— C'est impossible. J'ai reçu des photos du prisonnier que nos collaborateurs ont capturé. Il s'agit bel et bien du spécimen que vous avez ramené avec vous de la simulation.

— J'en ai assez de vous entendre me traiter d'humanoïde ou de spécimen, s'insurge François.

— Quoi ? Qui est à l'appareil ? s'étonne le docteur Mansfield.

— L'homme qui accompagnait Mlle Dumouchel à son retour dans le futur. Celui que vous vous obstinez à réduire à un résultat expérimental. Mon nom est François Philippe Emmanuel Maillard, comte de Besanceau. Je suis né en 1747.

Un émoi incrédule apparaît sur presque tous les visages autour de lui.

— C'est impossible. J'ai reçu des photos…, insiste le docteur Mansfield.

— L'homme que vous avez capturé me ressemble physiquement beaucoup, à cause d'un lien de descendance. Il se nomme Pierre Daigneault. Si vraiment vous avez les moyens d'identifier la voix, vous devrez concéder que je suis bien celui que vous voulez condamner à la prison à vie. J'exige que vous rendiez sa liberté à M. Daigneault.

— Vous n'êtes pas en position d'exiger quoi que ce soit. Qui que vous soyez, vous ne jouissez d'aucun droit. Il se peut même que vous soyez dangereux, porteur d'un virus ou de maladies infectieuses. Il est impératif de vous maintenir en isolement, de prélever de vos tissus, d'étudier votre métabolisme et d'évaluer si, oui ou non, il est sécuritaire d'entrer en contact avec vous. Le docteur Summers n'aurait jamais dû vous relâcher dans le monde extérieur sans le moindre contrôle médical.

— Excuses que tout cela. Personne n'est tombé malade à mon contact. Sophie a passé un an et demi dans mon monde. Elle a survécu, vous venez de le dire.

— Il n'a même pas été prouvé que vous soyez un être humain.

— Nom de Dieu ! Que vous faut-il ? Sentir mon cœur battre dans ma poitrine, et le sang couler dans mes veines ? Quand allez-vous finalement comprendre que je suis un homme ?

— Vous avez été créé d'un tas de magma d'énergie. Non, vous n'êtes pas un homme ordinaire. Vous n'êtes que la réplique d'un homme. Vous êtes le produit de longues années de recherche. Sans moi, vous n'auriez jamais pris forme. Je suis votre créateur, s'enflamme le docteur Mansfield, à la stupeur générale.

— Blasphème ! Dieu est mon créateur !

— Tant qu'un examen médical, même le plus élémentaire, n'aura pas été fait, je ne pourrai être certain que vous êtes de la même espèce que nous, que votre métabolisme fonctionne comme le nôtre.

— Je mange la même chose que vous. Je respire le même air que vous.

— Les exemples abondent dans la nature d'espèces qui se ressemblent beaucoup mais sont toutefois différentes, car elles ne peuvent procréer en s'accouplant.

— Ce n'est sûrement pas le cas ici, puisque Sophie, mon épouse, est enceinte.

Sans réfléchir aux implications de cette grossesse, tellement il se cramponne à l'idée que François n'est pas un être humain pour nier ses droits, le docteur Mansfield jette avec mépris :

— Vous ne seriez pas le premier mari cocu.

— Je vais vous faire ravaler vos calomnies ! rugit François. Si je ne m'étais promis de ne plus jamais participer à un duel, je vous enverrais mon témoin.

— Un duel ! Quelle façon archaïque de résoudre un conflit ! Permettez-moi simplement de douter que Mlle Dumouchel soit véritablement enceinte. A-t-elle été examinée par un médecin ?

– Le docteur Summers m'a examinée et a confirmé ma grossesse, lance Sophie.

– C'est toute une complication. Je ne peux plus vous laisser libre. Pour votre sécurité, cette grossesse devra être suivie de près, à l'institut. Dieu sait quelle abomination pourrait en résulter ! Je vais vous envoyer chercher tous les deux. Inutile d'essayer de fuir. Vous connaissez les moyens dont nous disposons. Je vous transmettrai mes directives.

Sans attendre la réponse furieuse que Sophie allait lui servir, le docteur Mansfield coupe la communication.

*   *
*

Après s'être retenue si longtemps pour ne rien perdre d'une conversation faiblement amplifiée par un portable de qualité moyenne, la famille de Pierrot en profite pour laisser jaillir un flot de questions.

– *Monsieur le Comte*, ironise Guillaume, je crois qu'il est temps de nous offrir des explications. Tu te dis notre ancêtre, comment est-ce possible ?

– Je ne suis pas vraiment votre ancêtre, l'homme du tableau dans votre salon, commence François. Je suis une reproduction de cet homme.

– Il s'agit d'une espèce de simulation du passé, ajoute Célia. Un groupe de chercheurs est arrivé à reproduire Paris au 18e siècle.

– Pourquoi diable est-ce que les Américains s'intéresseraient à la France d'il y a deux siècles ? s'exclame Patrick, éberlué.

Pour lui, le cours d'histoire au lycée est une perte de temps monumentale, il trouve donc aberrant que quiconque s'y intéresse, surtout les Américains !

– Ils n'ont pas choisi la France, continue Célia. C'est tout ce qu'ils ont réussi à reproduire. Le tout fait partie d'un projet nommé Philo.

– Cette histoire est complètement absurde, s'insurge Guillaume.

– Sauf que j'en ai déjà entendu parler, insère Jennifer. Le projet Philo existe depuis un certain temps. Il a été mentionné dans le rapport du sénateur MacTavish, sur les fonds alloués au Pentagone. Plusieurs de mes collègues ont tenté d'en savoir plus et se sont butés à un haut degré de confidentialité relevant de la sécurité nationale. Si le gouvernement américain se cache derrière cette excuse pour kidnapper des citoyens, en emprisonner d'autres sans procès et effectuer des lavages de cerveaux, je me dois de rendre ces crimes publics. Je veux en apprendre davantage.

– Je ne tiens pas particulièrement à ce que le projet soit rendu public, dit Sophie. Pourvu que des crimes ne soient pas commis en son nom. Je veux seulement qu'on permette à François et à moi de vivre ensemble au 21e siècle, sans nous obliger à oublier notre passé.

— Il me semble que votre seul moyen de pression contre eux est leur obsession du secret.

— Vous avez entendu le docteur Mansfield. Personne ne me prendra au sérieux.

— C'est là que je peux vous être utile. Voyons s'il est possible de se reconnecter avec ce cher docteur.

Une simple pression sur le bouton approprié du portable de Sophie lui fait joindre une boîte vocale. Jennifer y laisse le message suivant :

— Ce message est destiné au docteur Mansfield, le directeur du projet Philo. Mon nom est Jennifer Warren, correspondante au magazine *Times*. Vous pourrez vérifier mes références sur le site du magazine. Si vous avez besoin de confirmation, vous pouvez communiquer avec le rédacteur en chef qui vous dira que je suis présentement en France, chez les parents de mon fiancé Guillaume Daigneault, frère de Pierre, celui-là même que vos acolytes ont kidnappé par erreur ce matin. Si vous ne voulez pas voir le projet Philo ainsi que les infractions aux droits de la personne que vous vous apprêtez à commettre discutés dans les médias, je suggère que vous communiquiez avec moi. J'attends votre réponse d'ici deux heures.

Son message terminé, Jennifer se tourne vers François et Sophie.

— Maintenant, dites-moi tout ce que j'ai besoin de savoir à propos du projet Philo.

Pour la deuxième fois en trois jours, Sophie raconte son incroyable voyage.

*   *

*

Lorsque le portable de Sophie résonne, le cercle de famille se resserre de nouveau autour de lui. L'enregistreuse est activée.

— Jennifer Warren à l'appareil.

— Mademoiselle Warren, j'ai effectivement vérifié votre identité, fait une voix que tous reconnaissent. Je téléphone pour bien comprendre ce que vous comptez accomplir avec ce chantage. Quel est votre prix ?

— Il ne s'agit nullement de chantage. Je ne fais que mon boulot, celui d'informer le public. Croyez-vous, mon cher docteur, que les Américains n'ont pas le droit d'être mis au courant de l'injection de fonds publics dans des projets hautement confidentiels, qui violent les droits de la personne au nom de la sécurité nationale ? Comprendre que la défense du pays nécessite le plus grand secret est une chose ; accepter que des crimes soient commis en son nom, en est une autre. Si vous me prouvez que préserver le secret du projet Philo se fait en toute légalité, je n'aurai plus rien à divulguer à mon journal.

— Dites-moi, que devrais-je faire pour que la confidentialité du projet soit respectée ?

— Si nous commencions par mettre fin à l'enlèvement de Pierre Daigneault, un citoyen français tout à fait innocent.

— Ce n'était qu'une erreur regrettable sur la personne.

— Libérez-le. Remboursez les dommages que vous avez causés à sa voiture. Donnez à François les moyens d'expliquer sa présence au 21e siècle, des papiers d'identification, des moyens d'apprendre une profession et à Sophie, des moyens d'expliquer sa disparition.

— Tiens, tiens. Il a pris goût au 21e siècle, raille le docteur Mansfield. Nous pouvons le renvoyer là d'où il vient, vous savez, après avoir tiré de lui toutes les connaissances que nous pourrons, bien sûr.

— Non, s'oppose François, je sais bien ce qui va arriver si je retourne dans la simulation. Vous pourriez l'arrêter à tout moment et je retournerai en poussière. Ce serait signer mon arrêt de mort.

— Vous appartenez à la simulation et c'est là où, ultimement, vous devrez être. Nous ne sommes pas tenus de vous tailler une place parmi nous. Pensez donc ! Faudra-t-il un jour ouvrir la porte des États-Unis à tous les gens que nous pourrions recréer lors d'une expérience ? Serait-ce un génocide que d'arrêter la simulation ? Je ne le pense pas.

— Docteur Mansfield, vous êtes en train d'ouvrir une nouvelle frontière, précise Jennifer.

— Alors, madame la correspondante du *Times*, cet humanoïde est un immigrant illégal. En plus d'avoir franchi une frontière spatiale, il a franchi une frontière temporelle. Peut-être devrait-on appliquer à son cas les lois américaines sur l'immigration. Le déporter et lui faire demander un permis d'immigration officiel, à partir de son lieu d'origine !

— Si vous tenez aux analogies, rétorque Jennifer, je dirais plutôt que François est un réfugié. S'il retourne dans son monde, il risque la mort. N'est-ce pas la définition même d'un réfugié ? Vous auriez avantage à lui offrir les moyens de s'adapter et de mener une vie normale au 21e siècle. Sophie, veux-tu ajouter quoi que ce soit ?

— Libérez Shannon, Mike et Leo. Ils n'ont fait qu'obéir à leur conscience.

— Voilà. Laissez-moi résumer cette conversation, termine Jennifer. Vous utilisez vos réseaux pour régulariser le statut de François, vous libérez Pierre Daigneault ainsi que les chercheurs que vous détenez. Si vous prenez les mesures nécessaires, les secrets du projet Philo seront préservés. Dans le cas contraire, vous devrez faire face à l'opinion publique.

— Vous croyez vraiment pouvoir faire avaler cette histoire aux Américains ?

— Voulez-vous risquer sa publication ? Nous sommes une dizaine de personnes, ici, prêtes à y croire. Et puis, ai-je oublié de mentionner que toute cette conversation est en train d'être enregistrée ? Comme l'a été celle que vous avez eue plus tôt avec Mlle Dumouchel.

Après un juron contraire aux habitudes du docteur Mansfield, la tonalité se fait entendre.

CHAPITRE 18

Le retour de Pierrot

Le général Albert Markham finit d'écouter les conversations du docteur Mansfield, de Sophie Dumouchel et de Jennifer Warren. Enregistrées clandestinement par quelqu'un du projet Philo qui sauvegardait systématiquement tous les appels de son patron, ces conversations lui sont parvenues dans un fichier audio joint à un courriel. Le message fut précédé d'un appel téléphonique chez lui à Washington, à 5 h 30 le dimanche matin. Apparemment, la docteure Dolorès Sanchez a envoyé le même courriel à tous les membres du comité de direction. De plus, elle leur a téléphoné à tous personnellement pour s'assurer que chacun lit bien son mail. Le général sourit à la pensée que certains de ses collègues habitent en Californie, trois zones horaires plus loin.

Il perd toutefois son sourire en se rappelant le contenu des enregistrements. Il lui faut organiser une rencontre du comité le plus tôt possible pour éviter la débâcle qui suivrait l'annonce des décisions néfastes prises par le docteur Mansfield et le général Durham. Le comité de direction risque la tenue d'une commission d'enquête du Congrès si cette journaliste divulgue ce qu'elle sait du projet Philo et des agissements de son directeur des opérations. Il faut prendre des mesures draconiennes dès maintenant pour empêcher la diffusion de cette information. Comment faire taire une vingtaine de personnes ?

* *

*

Près de trois heures après l'enlèvement, un taxi s'engage dans l'allée de la Grue. Méfiants, Sébastien et Edmond le regardent s'arrêter devant eux. À première vue, il ne semble pas y avoir de passagers. Le conducteur baisse sa fenêtre :

— C'est bien la demeure des Daigneault ?

— Je suis Edmond Daigneault. Que voulez-vous ?

— J'ai ici un certain Pierre Daigneault qui a un peu trop fêté avec ses copains, explique le conducteur en pointant vers la banquette arrière.

Sébastien se précipite et reconnaît son frère affalé sur le siège.

— Pouah, il pue la bière et le mauvais vin, s'écrie-t-il dès qu'il met le nez dans la voiture. À croire qu'il s'est baigné dedans. Pierrot, réveille-toi !

Aucune exclamation ou secousse ne parvient à réveiller le prétendu saoulard. Avec l'aide de Guillaume qui est accouru aux premiers bruits de commotion, Sébastien sort Pierrot du taxi et le transporte dans la maison. Pendant ce temps, Edmond demande au conducteur la description des « copains » de Pierrot.

— Des types dans la trentaine, bien bâtis, répond le chauffeur. Ils n'avaient pas l'air d'avoir trop bu, eux. Ils disaient qu'ils ne pouvaient pas venir le reconduire, car ils avaient un train à prendre. Ils m'ont juré qu'il y aurait ici quelqu'un pour s'occuper de lui. Que vous l'attendiez. Ils ont déjà payé la course, très bien payé même.

— Avaient-ils un accent ?

— Oh non, c'étaient des Français comme vous et moi.

Edmond laisse repartir l'homme et rejoint sa famille dans le salon. Pierrot est allongé, inconscient, sur un divan. Un cercle de visages inquiets mais tout de même soulagés l'entoure. Sophie et François se tiennent un peu à l'écart. Guillaume termine son court examen médical.

— Il est tout simplement encore sous l'effet d'un soporifique, juge-t-il. Sa chemise est humide et sent l'alcool à plein nez. Ses ravisseurs ont dû verser de l'alcool sur lui pour justifier son état au chauffeur de taxi.

— On pourrait lui lancer un verre d'eau froide au visage pour le réveiller, suggère Patrick.

— Non, mais un verre d'eau froide à son réveil serait une bonne idée, tempère Guillaume.

— Bon. D'accord, je vais en chercher un.

Dès que Patrick quitte la pièce, son frère commence à se réveiller. Aidé par Guillaume, Pierrot s'asseoit :

— Ça pue la piquette ici !

— C'est toi qui empestes, précise Angèle.

Pierrot tente d'ouvrir l'œil gauche pour le fixer sur sa sœur.

— Que s'est-il passé ? Je ne me souviens pas d'avoir tant bu, marmonne-t-il.

Soudain, l'accident lui revient en mémoire. Il se redresse et balaie la pièce du regard.

— Où est François ? s'informe-t-il avec effroi.

— Je suis ici, répond son double en s'avançant vers le groupe familial qui s'écarte pour permettre à Pierrot de le voir. Un soupir de soulagement s'échappe de la poitrine du rescapé :

— Dieu soit loué, ils ne t'ont pas cap... Hum... j'ai... j'avais peur... je veux dire que je suis content que tu ailles bien, que tu ne te sois pas blessé, finit-il en bafouillant.

— Comment, pas blessé ? Ne vois-tu pas le pansement sur son front ? souligne Angèle.

François a pu se débarrasser de ses vêtements ensanglantés. Seul le bandage témoigne encore de son accident.

— C'est vrai ça ! Comment t'es-tu blessé ? demande Pierrot.

— Le siège d'enfant m'est tombé dessus au moment où la voiture quittait la route, explique François. Guillaume a pansé ma blessure. Je n'ai plus qu'un léger mal de tête.

— Et moi, tu ne te demandes pas si je suis blessé ? interrompt Patrick en revenant dans la pièce. J'étais moi aussi dans la voiture.

— Je m'excuse. Je suis soulagé de voir que tu ne t'es pas fait mal. Je n'ai pas toute ma tête. Merci pour l'eau. Je commence à me sentir un peu mieux.

— Assez pour nous dire ce que te voulaient ces types ? Tu les craignais visiblement, pourquoi ?

Tout le monde regarde Patrick avec un certain ébahissement, mais personne ne le considère avec autant d'appréhension que Pierrot.

— Pardon ?

— C'était pas mal évident lorsque tu me criais de faire marche arrière. Ces hommes te faisaient peur. Alors, qui sont-ils ? Ne me dis pas que tu ne le sais pas, car je ne te croirai pas.

Pierrot sent l'attention fixée sur lui. Sans se douter que derrière son dos Guillaume a fait signe aux autres de se taire, il lance un regard furtif vers François, transformé en statue de sel. Célia ne dit mot.

— Je ne conn... enfin... J'ai présumé, balbutie-il... Je suppose qu'il s'agissait de fiers-à-bras qui voulaient me donner une leçon.

— Te donner une leçon ? demande Guillaume.

— Il y a quelques mois, invente-t-il, j'ai emprunté de l'argent pour les courses. J'ai perdu mes paris.

— À l'hippodrome ? Mais tu détestes les chevaux. Ils te font renifler et éternuer, s'étonne Sébastien.

— Je n'ai pas besoin de m'en approcher pour parier dessus, réplique-t-il, irrité de ne pas avoir pensé plutôt à une perte sur les marchés boursiers.

— Et puis ? l'encourage Guillaume.

— Je voulais que personne ne le sache, alors j'ai utilisé les services de l'ami d'un collègue. Mon courtier me demande de rembourser le prêt plus tôt que prévu et il y met beaucoup de pression.

— Quel genre de pression ?

— Le genre qui consiste à envoyer des salauds pour me kidnapper.

— Hum. Combien dois-tu ?

— Cent mille euros, lance-t-il sans vraiment y penser.

— Il ne t'est pas venu à l'esprit de nous demander de l'aide. À nous, ta famille.

Comment peux-tu garder un secret aussi dangereux ?

Pierrot a l'impression d'être revenu vingt ans en arrière et d'attendre la sentence qui l'envoie dans sa chambre sans souper.

— Je m'excuse. Je ne le ferai plus, fait-il, l'air contrit.

— Tu ne nous caches plus rien ? insiste Guillaume.

— Je vous jure solennellement…

François va l'avertir du piège lorsque Pierrot enchaîne :

— …que si jamais j'ai encore des démêlés avec la mafia, je viendrai vous trouver. Je vous le jure sur la tête de ma fille.

François doit se cacher pour sourire. Les trois frères de Pierrot, les bras croisés sur la poitrine, n'ont pas l'air d'être très satisfaits du serment. Ils se consultent en silence, puis Guillaume sort son portable de sa poche en disant :

— Cent mille euros, hein ? J'ai un placement de 60 000 euros que je destinais à l'achat d'une maison dans la prochaine année. C'est malheureux de vendre maintenant. Je subirai une perte importante, mais je ne peux pas, Pierrot, te laisser risquer ta vie. Je vais téléphoner à mon courtier.

— Non, s'insurge Pierrot, paniqué. Je ne veux pas que…

— Bonne idée Guillaume, renchérit Sébastien. Je vais contacter ma banque. Je peux probablement les supplier de m'accorder une deuxième hypothèque de 30 000 euros.

— Et les 10 000 euros qui manquent, je les ai dans mon fonds d'épargne pour l'université, ajoute Patrick. Tu peux l'avoir.

Pierrot s'étire pour arracher leurs portables des mains de ses frères.

— Vous ne pouvez pas faire cela. Je vous l'interdis. J'apprécie votre aide. Je suis très touché. Maman, je vous en prie, ne pleurez pas.

La dernière phrase s'adresse à la silhouette hoquetante qui lui tourne le dos et cache son visage dans ses mains. Pierrot se lève pour la prendre aux épaules et la faire pivoter doucement vers lui. Elle résiste à sa pression. Il réussit à lui prendre les mains en lui murmurant des paroles rassurantes. Elle finit par lui montrer ses yeux humides. Sa mère pleure… de rire.

— Je suis désolée, parvient-elle à articuler entre deux gloussements, je ne pouvais plus me retenir. C'est trop drôle.

Tout le monde se met à rire. Tout le monde, sauf Pierrot. Il regarde sa famille se bidonner à ses dépens.

— Peut-être pouvez-vous m'expliquer ce qui se passe pour que, moi aussi, je voie l'humour de la situation ? fait-il d'un air offensé.

— Ah Pierrot, répond Sébastien, ça t'apprendra à vouloir nous cacher quelque chose d'aussi important que la véritable identité de tes amis.

— Ils savent tout, confirme simplement François.

Gêné, Pierrot rougit en souriant un peu bêtement.

— Le secret ne m'appartenait pas, tente-t-il de dire pour se défendre. J'espère que vous vous êtes bien amusés à vous foutre de ma gueule.

— Quand même Pierrot, plaisante Patrick, cent mille euros de dettes sur des paris de courses en quelques mois. Tu avais tué le cheval ou quoi ?

Cette fois, Pierrot participe à l'éclat de rire collectif, un moment de légèreté qui brise quelque peu l'attente trop longue d'une réponse à un ultimatum.

CHAPITRE 19

La ruelle

Une voix hargneuse lui fait lever la tête :

— Tu ne pensais pas vraiment échapper à Luigi. Personne ne s'en prend à lui et survit pour s'en vanter. Dis tes prières, fiston.

Elle ne s'aperçoit qu'au dernier moment qu'elle n'est pas seule dans la ruelle, tellement elle porte attention à ses pieds pour éviter les trous d'eau laissés par la dernière fonte des neiges. Ce qu'elle voit la fige sur place. Un homme vêtu d'un manteau de cuir noir brandit un revolver muni d'un silencieux vers un jeune homme qui se tient à quelques pas, dans un recoin obscur. L'homme au pistolet se trouve dans le faisceau d'un lampadaire, ce qui permet à la jeune fille de l'examiner rapidement et de noter une vieille cicatrice qui étire sa paupière gauche.

Elle veut hurler, mais son cri s'étrangle dans sa gorge. Le sac à dos qu'elle ne tenait que sur une épaule glisse et tombe derrière elle. Alerté par le bruit, l'homme dirige aussitôt son arme vers elle. Elle s'enfarge dans son sac en reculant, trébuche et se retrouve sur son postérieur ; ce qui lui sauve la vie, car une balle siffle au-dessus de sa tête.

Son agresseur va rajuster le tir lorsque le jeune homme s'élance et fait dévier son bras. Une deuxième balle rate la cible. Le jeune homme pousse le malfaiteur vers la clôture de bois derrière eux, frappe la main qui tient l'arme et réussit à la faire tomber de l'autre côté de l'enclos, la rendant temporairement inaccessible aux deux rivaux.

Pendant ce temps, elle recule sur les pieds et les mains, son derrière rasant le sol. Elle aboutit le dos contre la clôture en fer forgé qui délimite le côté opposé de la ruelle. Elle n'est pas certaine que ses jambes tremblantes la soutiendront si elle essaie de se remettre debout.

Le bandit coupe le souffle à son adversaire d'un coup de poing au ventre. Il le redresse et le plaque contre le battant de bois pour ensuite lui saisir le cou à deux mains. Mais le jeune homme s'agrippe au haut de la clôture et, en détendant rapidement les jambes, pousse son agresseur avec l'énergie du désespoir. L'autre recule en titubant pour bientôt s'empêtrer dans le sac à dos qui gît toujours au milieu de la ruelle. Incapable de reprendre son équilibre, il tombe sur les genoux et se cogne violemment le front sur un montant de la clôture. Il s'affaisse et demeure immobile à un mètre d'elle.

Encore à bout de souffle, le jeune homme se précipite et la force à se relever en la tirant par la main.

— Nous ne pouvons pas rester ici. Il faut filer, la presse-t-il.

Il l'entraîne en courant vers le bout de la ruelle sans vérifier l'état de son assaillant. Elle constate que ses jambes la soutiennent après tout. Arrivés à une intersection, ils prennent la gauche pour ensuite s'arrêter net en apercevant, à un pâté de maison, un individu à la stature imposante qui fonce vers eux. Elle entend son compagnon lâcher un juron. Rebroussant chemin, tous deux retournent d'où ils viennent et voyant que l'homme à la paupière tombante reprend conscience, ils continuent tout droit. Sans ralentir, ils regardent souvent en arrière. Leur poursuivant gagne du terrain.

En passant près d'un autobus dont les portes viennent de fermer, le jeune homme frappe de la main sur le vantail. Le chauffeur ouvre et les fuyards sautent à bord. Stupidement, elle proteste :

— Je n'ai pas de billets. Mon portefeuille était dans le sac à dos que j'ai laissé là-bas.

Voyant l'hésitation du chauffeur, son compagnon réplique :

— J'en ai. Vous n'avez pas besoin d'attendre.

L'autobus démarre. Le chauffeur ne tient pas compte du retardataire qui, tout en courant sur le trottoir, lui fait signe d'arrêter. Après avoir payé, le jeune homme reprend la main de sa compagne et se dirige vers l'arrière. Ils voient la rage dans les yeux de leur poursuivant laissé haletant sur le pavé. Essoufflés eux aussi, ils s'assoient sur une banquette près de la porte.

— Pourquoi veulent-ils te tuer ? Pourquoi veulent-ils me tuer ? lui demande-t-elle d'une voix étranglée.

— As-tu vu le visage du gars avec le revolver ?

— Il avait un œil à moitié fermé. Toute une cicatrice sur la paupière !

— Un trait plutôt caractéristique, n'est-ce pas ? Il s'appelle Lucas Pasiano. Serais-tu capable de le reconnaître si on te le demandait ?

— Oui, je crois.

— Eh bien, tu viens d'assister à une tentative de meurtre et tu n'es plus en sécurité.

— Pourquoi est-ce qu'il veut te tuer ? répète-t-elle.

— Il y a deux mois, je l'ai vu assassiner une femme sur l'ordre de son patron, un certain Luigi Marco, chef d'une organisation criminelle. Mon témoignage peut les envoyer tous les deux en prison. Depuis, ils essaient de se débarrasser de moi.

— Il faut aller à la police.

— J'ai failli me faire tuer par un policier peu de temps après ma déposition. Je ne fais plus confiance à la police.

— Mais enfin, il y a sûrement quelque chose à faire !

— Oui, je dois passer un appel à partir d'un téléphone public, pas de mon portable. J'ai eu recours à un programme international pour les témoins, parrainé par l'Interpol, la GRC et le FBI. Mon contact m'aide à me cacher jusqu'au procès. On m'a donné des faux papiers et j'ai dû déménager ici à partir de la France.

— Ils n'ont pas l'air de te protéger très bien.

— Je ne sais pas ce qui s'est passé. Peut-être une coïncidence. J'ai vu Lucas aujourd'hui dans la rue proche d'où je travaille. Il m'a reconnu et je me suis enfui. Il m'a poursuivi jusque dans cette ruelle où tu nous as découverts. Il va me falloir encore déménager et changer d'identité. Tu devras faire la même chose que moi.

— Mais pourquoi ? Ces bandits ne me connaissent pas.

— Tu leur as laissé ton sac à dos. Tu dis que ton portefeuille est dedans. Contient-il quoi que ce soit avec ton adresse ?

— Mon permis de conduire.

— Voilà. Tu ne peux pas retourner chez toi. Ils n'hésiteraient pas à te tuer à la première occasion.

— Je ne peux pas m'enfuir. J'ai des choses à faire. C'est bientôt la fin du semestre. J'ai des examens…

— Et moi, tu crois que je n'avais pas une vie, il y a deux mois ?

Elle le regarde d'un air horrifié. Il soupire :

– Pardonne-moi. Je suis plutôt stressé. Je n'ai pas encore l'habitude de me faire tirer dessus.

Puis, avec plus de douceur, il dit :

– Je m'appelle François Maillard. Et toi ?

– Sophie Dumouchel.

CHAPITRE 20

Les retrouvailles

— Sophie ?

— Maman !

En franchissant le seuil de la maison familiale, Sophie s'élance dans les bras de sa mère. Elles s'enlacent avec effusion. Mme Dumouchel tient Sophie à bout de bras pour mieux la regarder et s'assurer que c'est bien elle qui lui revient après sa mystérieuse disparition. Retrouvant l'usage de la voix, elle se transforme en moulin à paroles :

— Sophie. Que t'est-il donc arrivé ? Où étais-tu pendant la dernière année et demie ? Nous avions perdu espoir de te revoir vivante. Jean-Paul, Mathieu ! Venez. Sophie est là. Elle est revenue.

— Papa, s'écrie Sophie, dès qu'un homme présentant un début d'embonpoint apparaît dans le portique.

Il tombe dans l'état presque catatonique dont sa femme a été affligée quelques minutes plus tôt. Cela n'empêche nullement Sophie de se lancer à son cou et de lui dire à quel point elle a regretté de ne pas pouvoir donner de ses nouvelles.

Quand elle en vient à son frère Mathieu, une pure banalité lui vient à l'esprit :

— Ciel, que tu as grandi. Tu me dépasses maintenant !

— Ouais, mais tu es toujours ma grande sœur, répond-il en la serrant à l'étouffer.

Après les embrassades, Sophie ne peut plus esquiver les questions par des « vous m'avez tant manqué » et des « j'aurais tant voulu pouvoir vous dire où j'étais ». Notant les regards furtifs de sa famille aux deux hommes qui l'accompagnent, elle ajoute :

— Sergent Ossington, voici mes parents, Gisèle et Jean-Paul Dumouchel, ainsi que mon frère Mathieu. Papa, maman, voici l'officier du FBI qui m'a aidée à me cacher le temps voulu, après que j'eus assisté à une tentative de meurtre en revenant de l'université. L'assassin m'aurait tuée également, si le FBI ne m'avait pas donné une nouvelle identité et fait disparaître jusqu'à la fin du procès. Il m'était interdit de vous contacter, car la police estimait que cela vous mettrait en danger. Le dernier procès ne s'est terminé qu'hier, avec la condamnation du chef de gang. Après un an et demi, je pouvais finalement communiquer avec vous. J'ai préféré le faire en personne.

Après les poignées de main de rigueur, l'agent les avise de son départ :

— Je peux très bien comprendre que ces retrouvailles soient chargées d'émotions et je ne veux pas être un intrus. Si jamais il vous restait des questions après que Sophie vous aura expliqué comment elle a passé son temps depuis sa disparition, n'hésitez pas à m'appeler. Voici ma carte. Vous pouvez être fiers de votre fille. Son aide a été essentielle pour mettre d'importants criminels derrière les barreaux. Je suis heureux d'avoir fait votre connaissance.

Sophie le regarde sortir et, glissant ses doigts dans ceux du deuxième homme, elle s'avance :

— Maman, papa, Mathieu, je vous présente François Maillard, mon fiancé.

*   *

*

À peine remis de leur surprise initiale, ses parents réagissent de façon modérée à l'annonce de leurs fiançailles. Retrouvant suffisamment ses esprits, Gisèle invite tout le monde à passer au salon, où Sophie termine le récit de sa tumultueuse première rencontre avec François, dans la ruelle qui longe la cour arrière de leur maison.

— Ensuite, François a téléphoné au sergent Ossington qui a tout de suite pris des mesures pour nous relocaliser, continue Sophie. Comme nous avons choisi de rester ensemble plutôt que d'aboutir seuls dans des villes inconnues, il nous a donné des papiers établissant que nous étions un couple marié. Nous avons fini par vivre à la Nouvelle-Orléans, probablement parce que nos accents français allaient être moins remarqués là-bas. Au début, nous faisions semblant, mais nous sommes rapidement devenus un véritable couple.

La dernière phrase s'accompagne d'un sourire coquet vers François.

— J'espère, M. Dumouchel, ne pas vous avoir blessé en laissant Sophie vous annoncer notre intention de nous marier avant même de vous demander sa main, dit poliment François.

Sophie a eu beau l'assurer qu'il n'avait pas besoin de l'autorisation de son père, François n'en démord pas.

— Premièrement, appelez-moi Jean-Paul. Puisque vous allez être mon gendre, nous pouvons oublier les formalités. Deuxièmement, je ne suis pas assez vieux jeu pour croire que vous avez besoin de ma bénédiction.

— Merci, mais moi je suis assez démodé pour y attacher de l'importance.

— Eh bien soit, vous l'avez cette bénédiction.

— Nous voudrions nous marier au cours des prochaines semaines, poursuit Sophie.

— Pourquoi tant de hâte ? s'étonne Jean-Paul. Nous aurons de la peine à trouver une salle de réception, juste comme ça, en mai. Je parie que tout est réservé pour l'été. Les gens s'y prennent au moins un an à l'avance.

— Papa, nous ne voulons pas une grosse réception. François n'a pas de famille immédiate. Ses parents sont morts dans un accident de voiture lorsqu'il avait 18 ans. Il était fils unique. Il y a bien la famille Daigneault qui, à cause d'un lien de parenté avec un lointain ancêtre, considère François comme un des siens. Il y aura donc moins de vingt personnes du côté de François. Je ne comptais pas en inviter davantage de mon côté.

— Ne voudriez-vous pas un peu de temps pour souffler ? Peut-être serait-il bien de vérifier que vous voulez toujours vivre ensemble même si vous n'y êtes pas forcés ?

— Combien de temps croyez-vous que nous devrions attendre ? demande François avec circonspection.

— Quelques mois, un an peut-être.

— Il n'en est pas question, proteste François. Je ne me séparerai pas de Sophie pour vous prouv…

— Je n'ai pas voulu suggérer de vous séparer, mais seulement de retarder le mariage pour vous assurer que c'est vraiment ce que vous voulez.

François reste interdit. Il vient juste d'entendre son beau-père lui proposer de vivre en concubinage avec sa fille.

— Papa, s'impatiente Sophie, nous n'avons nullement l'intention de retarder ce mariage. Nous avons déjà assez attendu, ne voulant pas nous marier sous de fausses identités et sans que vous soyez à nos noces. C'est tout.

— En plus de toutes ces raisons, il y a le fait que Sophie est enceinte, ajoute François.

L'accueil de cette nouvelle est mitigé du côté de la mère de Sophie, pendant que son père regarde maintenant François avec froideur. Sophie grimace. Elle avait espéré aborder cette question avec plus de finesse.

— Voulez-vous dire que la raison principale de votre mariage avec Sophie est sa grossesse ? Ce n'est pas vraiment une bonne raison.

François ne peut s'empêcher de penser que les pères de son époque auraient considéré une grossesse comme une excellente raison de marier leur fille. Il prend une longue respiration avant de répondre.

— M. Dumouchel, j'aime votre fille. Je veux passer le reste de mes jours à ses côtés. Si cela peut vous rassurer, je vous dirai que nous avons pris la décision de nous épouser plusieurs mois avant que Sophie ne tombe enceinte.

— Que comptes-tu faire à propos de tes études alors ? s'enquiert Jean-Paul auprès de Sophie.

— Je n'ai pas l'intention de les abandonner. La naissance est prévue pour la fin novembre.

Je compte faire des démarches pour être admise à temps partiel dans une université à Paris.

— À Paris ! Mais pourquoi ?

— Parce que François y est né. C'est là que nous avons décidé de nous établir...

— Vraiment ? À vous entendre, je n'aurais pas pensé que vous étiez Parisien, s'étonne son père en s'adressant de nouveau à François. En fait, je n'arrive pas vraiment à situer votre accent.

— Je viens de passer un an et demi avec votre fille. Son accent québécois a peut-être un peu dilué le mien, suggère-t-il en guise d'explication.

— Hmmm, réagit le père de Sophie. Pourquoi ne pas venir demeurer au Québec ?

— Parce que, après quasiment deux ans d'absence, explique Sophie, François a vraiment le goût de retourner en France et qu'il ne garde pas un très bon souvenir de son séjour à Québec. Je comprends cela. Je n'aurais pas envie de revivre à la Nouvelle-Orléans. Nous y avons passé trop de temps à nous méfier de tout le monde.

— De quoi allez-vous vivre en Europe ?

— Le juge a ordonné le paiement de dommages-intérêts pour les sacrifices qui nous ont été imposés et les dangers auxquels nous avons dû faire face. La somme est substantielle et va nous permettre à tous les deux de poursuivre nos études pendant plusieurs années.

Sophie évite de dire que ce sont, en fait, les responsables du projet Philo qui ont consenti à prendre en charge la rééducation de François.

— Que comptez-vous étudier François ? demande Gisèle

— Le génie civil.

Le visage du père de Sophie s'éclaire :

— Est-ce que Sophie vous a dit que je suis moi-même ingénieur ?

— Elle l'a mentionné en effet.

Après cette dernière révélation, le reste de la soirée se passe dans la joie.

* *
*

— J'ai peine à croire que nous soyons étendus sur le divan-lit du sous-sol, chez mes parents, roucoule Sophie.

— Moi de même. Je m'attendais à m'y retrouver seul pendant que tu regagnerais ta chambre à l'étage, acquiesce François.

Sophie laisse échapper un petit rire.

— Ce n'est pas tout à fait ce que je voulais dire. Moi, je faisais référence aux événements des deux dernières semaines. Je n'oublierai jamais l'appel de Mike à la Grue après le retour de Pierrot. Il jubilait. Non sans raison. J'aurais fait de même après avoir convaincu le comité de direction et un certain général Markham, que la meilleure façon d'assurer la confidentialité du projet était de tout faire pour t'aider à te faire une place dans ce monde. Penses-y. Mike a été nommé directeur des opérations. Il a obtenu des sanctions contre le docteur Mansfield. Tout s'est passé comme il l'avait souhaité.

— Oui, mais le pire scénario a failli se réaliser. Sans la menace de Jennifer d'écrire un article dans le *Times* et sans l'aide de cette Dolorès, qui avait enregistré clandestinement toutes les conversations téléphoniques du docteur Mansfield, et notamment celle de notre ultimatum, nous étions faits comme des rats. Elle a pu fournir une copie de cette conversation à tous les membres du comité, ce que Leo n'arrivait pas à faire en tant que civil.

Sophie laisse passer un long silence, occupée qu'elle est à ruminer les péripéties des derniers jours.

— Je déteste mentir à mes parents, énonce-t-elle tout bas.

— Tu sais bien qu'avec la famille de Pierrot, nous avons promis de ne pas élargir le cercle des personnes au courant du projet Philo. Il est plus facile pour ta famille de croire à cette histoire de témoins d'un crime. Ils vont pouvoir être plus convaincants auprès de tes amis et de leurs connaissances s'ils ne savent pas la vérité.

— C'est fou les détails qu'il a fallu pour construire cette illusion. Les heures passées à se mettre d'accord sur la suite des événements. L'insertion de nouvelles à propos des procès fictifs dans des sites Internet. Les photos des prétendus assassins. Ils m'ont rendu le tout tellement réaliste que j'en ai encore des cauchemars. Il m'arrive encore de te voir presque te faire tuer par un homme à la paupière à demi fermée. Je nous vois aussi en train de courir dans les rues de Québec, poursuivis par deux assassins.

Pour toute réponse, François serre Sophie plus étroitement.

Épilogue

La journée de leur deuxième mariage tire à sa fin. Les quelques semaines nécessaires à sa préparation, quoique jugées totalement insuffisantes par le père de Sophie, ont de beaucoup excédé l'écart entre la demande initiale de François et la célébration de leur premier mariage dans la chapelle d'une prison.

Une quarantaine de personnes assistent à leur union. Cette deuxième cérémonie leur permet d'obtenir un certificat sans devoir falsifier trop de registres. Mike et Shannon sont présentés à la famille de Sophie comme leurs seuls amis pendant leur séjour à la Nouvelle-Orléans. Mike régale la parenté de l'histoire de sa surprise en apprenant que les amoureux, qu'il croyait mariés, ne l'étaient pas vraiment.

Par chance, Jean-Paul a trouvé une salle de réception. Assis dans un coin, Sophie et François s'accordent un instant de répit en compagnie de Célia et de Pierrot, qui ont fait le voyage pour l'occasion. Plus tôt aujourd'hui, ce dernier a servi de témoin à François. Il n'a pas hésité à accepter cet honneur même si leur véritable rencontre ne datait que de quatre semaines.

Puisque personne autour d'eux n'est à portée d'écoute, Pierrot se permet de demander à brûle-pourpoint :

— S'il vous était permis de retourner au 18e siècle tous les trois, avec la promesse absolue que la simulation ne serait pas interrompue, à quelle époque déciderais-tu de vivre ?

François prend son temps avant de répondre.

— À mon époque, je possédais titre et fortune. J'avais trois résidences, une écurie enviée, des rentes que je ne saurais traduire en euros mais qui étaient amplement suffisantes. Le mot travail ne faisait pas partie de mon vocabulaire. J'aurais eu une vie de plaisir, tout simplement. J'aurais vécu sans la contrainte de pourvoir aux besoins des miens.

— Ta vie risquait de se terminer au pied de la guillotine ! s'exclame Célia.

— Oui, mais après 1789, nous aurions émigré... en Angleterre, par exemple.

— Bref, tu préférerais retourner au 18e siècle, n'est-ce pas, conclut Pierrot. Je crois comprendre que tu as beaucoup perdu en un bond de deux cents ans.

— Non, c'est faux. En fait, j'y ai gagné beaucoup. Là-bas, je n'ai pas de famille. Mon père est mort quand j'avais six ans. Ma mère refusait de me recevoir depuis mon mariage avec

Sophie. Je n'avais ni frères ni sœurs. Ta famille représente pour moi plus que tous les titres ou fortunes du monde ne pourraient me donner. Je veux vivre auprès de vous, avec Sophie et notre enfant. L'incertitude du lendemain est préférable aux certitudes d'une vie qu'un livre d'histoire pourrait maintenant me raconter. Je rêve de pages blanches que nous allons tous remplir d'anecdotes et de dessins, et non pas d'un volume entier où ma vie est déjà inscrite sous forme de commentaires dans la marge. J'espère que cela répond à ta question.

— Parfaitement. Je suis content que tu fasses confiance au futur.

— Un futur où je n'aurai jamais à rencontrer un certain marquis de Soissans, ajoute-t-il avec assurance.

Et pourtant…

À propos de l'auteure

Née à Montréal, Louis Royer habite à Mississauga, en banlieue de Toronto, depuis près de vingt-cinq ans. Elle enseigne les sciences et les mathématiques à l'école secondaire MPS Etobicoke.

Ses études et sa carrière l'ont amenée d'un bout à l'autre du pays. Elle a d'abord étudié la physique à l'Université de Montréal où elle a obtenu un baccalauréat. Puis elle a fait son doctorat à Vancouver, au département d'océanographie de l'Université de la

Colombie-Britannique. Enfin, elle a poursuivi des recherches postdoctorales au département d'océanographie de l'Université Dalhousie, à Halifax, et au Centre canadien des eaux intérieures à Burlington, en Ontario.

Elle a d'ailleurs publié de nombreux articles dans des revues scientifiques avant de se consacrer à l'écriture de son premier roman, *iPod et minijupe au 18ᵉ siècle*, où elle a imaginé un scénario qui pouvait laisser libre cours à ses intérêts pour la science et l'inimaginable. Dans *Culotte et redingote au 21ᵉ siècle*, la suite attendue des aventures de Sophie et du comte de Besanceau, ses deux passions sont à nouveau réunies.

Pianiste, ceinture noire de judo, Louise Royer passe ses temps libres à chanter dans une chorale semi-professionnelle et à pratiquer ses sports favoris : patinage, camping, canotage et randonnée pédestre. Mais, sa véritable passion demeure sans contredit la lecture, et ce, depuis sa tendre enfance. Pas étonnant qu'elle prenne aujourd'hui autant de plaisir à mettre sur papier les fruits de son imagination et... de sa science.

Table des matières

iPod et minijupe au 18ᵉ siècle

Un soir, Sophie revient de ses cours à l'Université, quand elle est soudainement éblouie par une lumière intense. Prise de vertige, et sans trop savoir pourquoi ni comment, elle se retrouve en plein cœur de Paris… en l'an 1767 ! Ne pouvant retourner chez elle, elle est recueillie par Nicolas et Élyse, qui l'aideront à s'intégrer à la vie du 18ᵉ siècle, dans un milieu dont elle ignore tout des convenances et des règles.

Au cours d'un bal, François, un arrogant et séduisant aristocrate, éprouve une curiosité et une fascination pour cette jeune fille au comportement et aux manières si peu convenus. Si, au début, Sophie s'amuse des efforts du beau comte pour percer son secret, de tragiques incidents lui font craindre les répercussions qu'entraînerait la révélation de sa véritable identité…

Dans cette aventure pleine de rebondissements, revisitant avec humour l'époque des romans de cape et d'épée, Louise Royer allie ses deux passions, l'histoire et la science, pour le plus grand plaisir des lectrices et des lecteurs.

OFFERT EN LIVRE ET LIVREL (PDF ET EPUB).

Collection dirigée par Renée Joyal

FORAND, Claude. *Ainsi parle le Saigneur* (polar), 2007.

FORAND, Claude. *On fait quoi avec le cadavre ?* (nouvelles), 2009.

FORAND, Claude. *Un moine trop bavard* (polar), 2011.

LAROCQUE, Jean-Claude et Denis SAUVÉ. *Étienne Brûlé. Le fils de Champlain* (Tome 1), 2010.

LAROCQUE, Jean-Claude et Denis SAUVÉ. *Étienne Brûlé. Le fils des Hurons* (Tome 2), 2010.

LAROCQUE, Jean-Claude et Denis SAUVÉ. *Étienne Brûlé. Le fils sacrifié* (Tome 3), 2011.

MARCHILDON, Daniel. *La première guerre de Toronto*, 2010.

ROYER, Louise. *iPod et minijupe au 18ᵉ siècle*, 2011.

ROYER, Louise. *Culotte et redingote au 21ᵉ siècle*, 2012.

VOLDENG, Évelyne. *Haïkus de mes cinq saisons*, 2011. Réédition.

Imprimé sur papier Silva Enviro
100 % postconsommation
traité sans chlore, accrédité Éco-Logo
et fait à partir de biogaz.

Couverture : photomontage d'après des photographies de
Frédéric Rodriguez et de Martine & Thierry.
Photographie de l'auteure : Margie Mastrangelo
Maquette et mise en pages : Anne-Marie Berthiaume
Révision : Frèdelin Leroux

Achevé d'imprimer en février 2012
sur les presses de Marquis Imprimeur
Cap-Saint-Ignace (Québec) Canada